ODES

CHOISIES

DE KLOPSTOCK

TRADUITES POUR LA PREMIÈRE FOIS EN FRANÇAIS,

ACCOMPAGNÉES D'ARGUMENTS ET DE NOTES

PAR C. DIEZ

DOCTEUR ÈS-LETTRES, PROFESSEUR D'ALLEMAND
AU LYCÉE DE SENS

PARIS

LIBRAIRIE DE L. HACHETTE et Cie,
Rue Pierre-Sarrazin, 14.

1861.

ODES

CHOISIES

DE KLOPSTOCK

ODES

CHOISIES

DE KLOPSTOCK

TRADUITES POUR LA PREMIÈRE FOIS EN FRANÇAIS

ACCOMPAGNÉES D'ARGUMENTS ET DE NOTES

PAR C. DIEZ

DOCTEUR ÈS-LETTRES, PROFESSEUR D'ALLEMAND

AU LYCÉE DE SENS

PARIS

LIBRAIRIE DE L. HACHETTE

Rue Pierre-Sarrazin, 14.

1861.

CHANTS D'AMOUR.

L'AMIE FUTURE

1747

ARGUMENT. — L'amour a été de tout temps le thème favori des poëtes lyriques Cependant Klopstock a su habilement profiter des idées chrétiennes pour rajeunir ce sujet vieilli. Ce n'est ni l'amour de Sapho ni celui d'Horace qu'il chante; ce n'est pas même l'amour platonique, c'est l'amour chrétien, c'est à-dire l'aspiration l'une vers l'autre de deux âmes vertueuses, auxquelles Dieu a inspiré les mêmes affections. Il va même plus loin, en disant que Dieu lui-même a imprimé l'amour dans le cœur de l'homme. Il nous annonce d'abord (v. 1-4) qu'il va chanter pour lui seul les désirs brûlants de son cœur. Il se plaint ensuite (v. 5-9) de ne pouvoir trouver un objet à son amour. Il ne connaît pas même le lieu qu'habite celle qu'il aime (v. 9-24). S'il pouvait le savoir, ce lieu serait pour lui un pays ravissant. Tout à coup l'inspiration poétique s'empare de lui, il aperçoit sa bien-aimée, il l'entend ; son désir est rempli, il sait qu'il est aimé (v. 35-48). Il cherche alors à deviner où elle est, quelle elle peut être. Puis il se demande quel est son nom, car un beau nom est une chose importante pour les amants (v. 48-72). Il la voit dans un jardin, pensive, inquiète, songeant aussi à un bien-aimé qu'elle ne connaît pas. Ils s'aiment donc sans se connaître (73-82). Il voudrait dire à sa bien-aimée ce qu'il éprouve ; mais comment? par la voix des zéphyrs, comme jadis les bergers d'Arcadie. Il charge ces messagers d'amour de murmurer à sa bien-aimée qu'il l'aime tendrement, fidèlement et pour toujours (83-98).

C'est pour toi seul, ô mon cœur aimant ; c'est pour vous, ô larmes les plus secrètes, que, dans ma tristesse solitaire, je chante ce lied mélancolique. Que mon œil seul le parcoure avec une ardeur dévorante, et que mon oreille délicate, habituée aux gémissements, l'entende seule ! Ah ! pourquoi, ô Nature, pourquoi, mère cruelle, m'as-tu donné un cœur si enclin à la tendresse ? Et dans ce cœur sensible, pourquoi un amour invincible, d'éternels désirs, hélas ! et pas de bien-aimée aussi? O toi qui m'aimeras un jour (si toutefois le destin, attendri par mes larmes, me donne une bien-aimée), toi qui m'aimeras un jour, toi, choisie entre toutes, dis-moi : où s'égare maintenant sans moi ton pied fugitif et solitaire? Fais-le moi connaître seulement par un murmure révélateur, par un de ces cris que t'arrache l'allégresse, ô toi que mon amour rendra heureuse un jour ! Si tu sens comme moi la puissance de l'amour, si tu soupires après moi sans me connaître, oh ! ne me le cache pas ! Dis-le moi par une plainte pénétrante, semblable à la plainte qui s'échappe en soupirant du fond de mon âme et se meurt (1).

(1) Il y a dans le texte *Ah* deux fois répété. Cette expression est souvent employée dans l'ode.

Souvent à l'heure de minuit, ma lèvre tremblante pousse un cri de douleur, parce que tu m'es toujours invisible, ô toi que j'aime ! Souvent, à l'heure de minuit, mon bras tremblant s'étend et saisit une image, ah ! la tienne peut-être ! Où te chercherai-je ? Où te chercherai-je enfin, ô toi vers qui tendent mes immortels et ardents désirs ? Le lieu qui te renferme, où est-il ? Où le ciel étend-il pour ton œil sa voûte sereine et souriante ? Élèverai-je un jour vers toi, ô ciel bienfaisant, mon œil reconnaissant, et verrai-je dans mes bras celle que tu as vue fleurir ? Mais je ne te connais pas. Jamais le soleil, dans son éloignement, n'a été, là-bas, témoin de mes larmes, ni à son lever, ni à son coucher. Ne verrai-je pas ces contrées ? Ma main tremblante ne la conduira-t-elle jamais, au printemps, à travers la vallée fleurie ? Vaincue par la douce puissance de l'amour, ne se reposera-t-elle jamais, à la lueur des étoiles, sur mon sein palpitant ?

Ah ! comme le cœur me bat ! Ah ! comme mes membres tressaillent d'une joie et d'une espérance que ne peut abattre la douleur ! Un bonheur indicible, une émotion douce et inspiratrice, une larme qui s'est échappée en silence le long de mes joues, et, oh ! je les vois, de tendres larmes de sympathie, un souffle léger qui s'adresse à moi ; une plainte tremblante, un cri favorable qui m'appelait, comme un fantôme appelle un fantôme, t'annoncent à moi, ô toi qui m'as entendu.

Toi qui l'as enfantée pour moi et pour mon amour, tu la tiens embrassée, ô mère ! Sois trois fois bénie !

trois fois béni soit ton cœur qui ressent les mêmes impressions que le mien, et qui a donné à ta fille les premiers sentiments de tendresse ! Mais laisse-la libre maintenant. Elle court en hâte vers les fleurs, et là elle ne veut point être entendue par des témoins, elle ne veut point être vue.

Ne te presse pas tant ! Mais de quel nom t'appeler, toi qui remplis mes désirs d'une manière inexprimable ? T'appelles-tu Laure ? Laure, que Pétrarque a célébrée dans ses chants, était belle, il est vrai, pour un admirateur, mais non pour un amant. T'appelles-tu Fanny ? Cidli est-il ton nom joyeux ? ou as-tu le nom de Singer, qui a chanté Joseph et celui qu'elle a aimé ? Singer, Fanny, ah ! Cidli ! oui, c'est Cidli que mon lied t'appellera, si mon cœur, qui ne peut s'exprimer qu'à demi dans un lied, te plaît ! Ne te presse pas tant, de peur que ton pied fugitif ne soit ensanglanté par l'épine du rosier mal planté ; de peur que tu ne boives à trop longs traits la vapeur du printemps. Que les zéphyrs seuls se jouent doucement autour de ta bouche de rose ! Mais tu t'avances lentement et pensive, l'œil plein de larmes, et une gravité de jeune fille est répandue sur ton visage embelli. Quelqu'un t'a t-il trompée ? Et pleures-tu parce qu'une de tes compagnes n'a pas été honnête et vertueuse, comme tu l'avais cru d'elle ? ou bien aimes-tu comme moi ? La puissance de la nature a-t-elle éveillé en toi un désir immortel, pareil à celui qui fait tressaillir mon cœur ? Que dit cette bouche soupirante ? Que me dit cet œil qui élève vers le ciel un regard langoureux ? Que m'annonce cette réflexion profonde, comme si tu le voyais devant toi, comme si tu te reposais sur le cœur de cet heureux mortel ? Ah ! tu aimes ! Tant il est vrai que la Nature n'a créé aucun noble cœur, sans y imprimer la sainte inclination des Immortels ! Oui, tu aimes, tu aimes ! Ah ! si tu connaissais seulement Celui dont le cœur aimant bat pour toi, sans être remarqué ! Celui qui, dans la tristesse, soupire éternellement après toi, te réclame au destin avec inquiétude, au destin qui l'entend et reste inflexible ! Cependant, des zéphyrs au doux murmure t'ont porté ses profonds désirs, le bruit de ses gémissements, ses chants ! des zéphyrs comme ceux qui, pendant l'âge d'or, allaient de l'oreille du berger à l'oreille des dieux avec la plainte de la bergère. Hâtez-vous, zéphyrs, de lui porter mes vœux sous le berceau de verdure ; faites frémir la forêt, et que votre bruissement m'annonce à elle.

Je suis loyal ! la Nature m'a donné de l'inclination pour la vertu ; mais elle était plus puissante celle qu'elle me donna pour l'amour, pour l'amour, la plus belle des vertus. Tel fut l'amour puissant et noble qu'elle imprima aux hommes dans la jeunesse du monde. Je sens tout ce qui vient de toi ; nul demi-sourire, nulle parole inachevée qui s'est terminée par un soupir, nulle larme silencieuse qui cherche à m'éviter, nul léger désir, nulle pensée qui ne fait que se montrer dans le lointain, nul regard à demi parlant et plein de mots inexprimables, quand il jure l'éternelle alliance des doux embrassements ; même aucune des vertus que tu me caches modestement, rien ne passe devant moi, sans que je ne l'aperçoive et ne le sente ! Ah ! combien je t'aimerai, ô Cidli, nul poëte ne pourrait le dire. Nous ne le pourrions nous-mêmes dans l'ardeur et l'ivresse d'un long et doux entretien. C'est à peine si l'âme immortelle et sensible peut saisir la vivacité de ces sentiments.

———

SELMAR ET SELMA

1748

ARGUMENT. — Le sujet de cette ode est la lutte de deux amants qui cherchent à se surpasser dans l'expression vive de leur mutuelle affection. Cette lutte est amenée par la pensée de la mort et de la séparation qui en est la suite. Les deux amants s'entretenaient sans doute de leur amour, quand Selmar est soudain frappé de l'idée que la mort pourrait bientôt les séparer, et, dans un style qui respire une tendre mélancolie, il commence un dialogue où les pensées et les sentiments se suivent avec la plus grande simplicité.

SELMAR.

Ma Selma, si la mort nous séparait ! Si ton destin t'appelle la première vers les Immortels, ah ! je passerai ma vie entière à te pleurer ! Chaque sombre jour, chaque nuit plus sombre encore, chaque heure
!.

qui, jadis, s'écoulait dans tes embrassements ; chaque minute qui s'envolait pour nous dans de tendres jouissances ; le reste de mes ans se passera plein de tristesse, comme aucun de ceux qui ont disparu, ne s'est enfui pour nous sans amour !

SELMA.

Ah ! mon Selmar, si un jour la mort nous sépare dans notre amour ; si ton destin t'appelle le premier vers les Immortels, alors, alors je te pleurerai tout le reste de ma vie : chaque jour long pour moi, chaque nuit terrible, chaque heure qui, jadis égayée par ton sourire, s'enfuyait au milieu d'un doux entretien, mêlé de larmes de tendresse, oh ! alors le reste de mes jours se passera pour moi plein de tristesse, comme auparavant aucun ne s'est envolé pour nous sans amour !

SELMAR.

Ma Selma, tu ne voudrais me survivre que quelques jours, et je te survivrais durant des années pleines de deuil ! Selma, Selma, je ne passerai près de ton corps glacé que quelques sombres et tristes instants, si je te vois morte ! Je prendrai encore une fois la main de celle qui se sera endormie ; je baiserai ton œil une fois encore, je m'affaisserai dans la mort et mourrai près de toi.

SELMA.

Selmar, je mourrai après toi ; Selmar ne doit point sentir la douleur de me voir mourante ; Selmar, je mourrai après toi. Mais je ne passerai près de ton corps glacé que quelques sombres et tristes instants, quand je te verrai mort, ô Selmar ! je te contemplerai une fois encore, et une fois encore je soupirerai. Mon Selmar, je m'affaisserai, tremblante sur ton sein inanimé, et mourrai près de toi.

SELMAR.

Selma, tu mourrais après moi ! Selma ne doit point sentir la douleur de me voir mourant ; Selma, tu ne mourras pas après moi.

SELMA.

Selmar, je mourrai après toi ! C'est ce que depuis longtemps j'ai demandé avec larmes au destin. Selmar, je mourrai après toi.

SELMAR.

Ah, comme tu m'aimes ! (vois ces yeux en pleurs, sens ce cœur ému !) Selma, comme tu m'aimes ! Ma Selma, tu mourrais après moi ! Tu éprouverais la douleur de me voir mourant ! Selma, comme tu m'aimes ! Oh ! s'il y avait seulement une langue pour te dire tout ce que mon cœur aimant ressent pour toi, ma Selma ! Puissent cet œil, et son regard et ses larmes pleines d'amour, et ces plaintes de mon affection se changer en une langue des dieux pour te dire ce que mon cœur aimant ressent pour toi, ma Selma ! Ah, si seulement il n'y avait point de tombeaux pour recouvrir les amants, qui sont si fidèles l'un à l'autre, si pleins de tendresse ! Mais, puisque vous existez, ô tombeaux toujours ouverts, recevez-nous du moins, recevez-nous en même temps ! M'entends-tu, ô Toi qui m'as créé pour l'amour ? Ah, si tu m'entends, fais mourir du même coup Selma et moi !

SELMA.

Selmar, je mourrai avec toi. J'obtiendrai cette faveur du ciel, en joignant mes prières aux tiennes. Selmar, je mourrai avec toi.

PRÉFACE

Nous voudrions, par cette traduction des odes choi-
sies de Klopstock, faire connaître au public français
le plus grand, sinon le plus célèbre des poëtes lyriques
de l'Allemagne. En disant de Klopstock qu'il est le
plus grand des poëtes lyriques de son pays, nous ne
faisons que reproduire fidèlement le jugement de ses
contemporains, qui l'accueillirent avec enthousiasme,
et celui des principaux critiques d'Outre-Rhin.

« Dans la poésie sentimentale, dit Schiller, et parti-
« culièrement dans la partie élégiaque, peu des poëtes
« modernes, et moins encore des poëtes anciens, pour-
« raient être comparés à notre Klopstock..... (1). C'est
« un maître dans tout le champ de la poésie senti-
« mentale (2). »

« Mes poésies lyriques ont mille fois animé les
« cordes de vos lyres, fait dire Herder à la Muse de

(1) Œuvres de Schiller, t. xii, p. 210. Ed. de 1847. Stuttgart et
Tubingue.
(2) Id. p. 213.

« Klopstock. Elles vous ont dotés d'un riche psalté-
« rion, d'un carquois d'Apollon rempli de traits har-
« monieux. Nulle de mes odes ne ressemble à l'autre ;
« mais, pareille à une fleur, chacune est une organi-
« sation vivante par la forme, le parfum et les cou-
« leurs. Les sons de mes cantiques spirituels ont été,
« pour votre siècle, une nouvelle harpe de David ; ils
« ont ranimé les malades, fortifié les faibles, rendu
« le bonheur aux mourants, et ils le feront aussi long·
« temps que le cœur de l'homme restera ce qu'il
« est (1). »

« Il possède, dit Vilmar, quelque chose d'indescrip-
« tible qui fait le poëte, et qui repose, comme un secret
« puissant, dans les profondeurs les plus cachées de
« l'âme ; il possède la puissance prodigieuse et sacrée
« de saisir et d'émouvoir les âmes. Il est poëte non
« seulement pour son époque et pour son peuple ; il
« est le poëte de tous les temps et de tous les peu-
« ples (2). »

« C'est avec Klopstock seulement, dit Gervinus, que
« commencent les temps modernes, et la renaissance
« de notre littérature. Seul, un esprit aussi puissant
« et aussi heureusement doué, pouvait amener ce
« retour (3).

(1) HERDER. — Littérature et Beaux-Arts. II⁰ partie.
(2) VILMAR. — Histoire de la Littérature nationale allemande,
5⁰ édit. Marbourg, 1852. T. II. p. 133.
(3) Histoire de la poésie allemande, 4⁰ édition, Leipzig 1853.
T. IV, p. 107.

« ...... Personne n'avait encore atteint, comme
« Klopstock, dans les odes de sa jeunesse, le ton de
« l'antique poésie des bardes, la grandeur simple de
« la poésie hébraïque, l'esprit véritable de l'antiquité
« classique. Nous entendons tantôt Horace, tantôt Da-
« vid, tantôt Ossian, avant même que l'on ne connût
« rien d'Ossian.... (1). Il rejette dans une profonde
« obscurité tout ce qui l'avait précédé : Hagedorn,
« Lange, Uz, etc., et cela sans que sa modestie de
« jeune homme s'en doutât.... (2). Depuis plus d'un
« siècle, il n'était apparu d'esprit d'une importance
« pareille. C'est ce que les hommes qui diffèrent le plus
« d'opinion ont été obligés de reconnaître (3). »

« Depuis bien des siècles, s'écrie Vilmar, on n'avait
« rien vu de comparable à Klopstock. Il était si supé-
« rieur à ses contemporains, que les meilleurs, les
« plus mûrs, les plus riches en qualités de l'esprit le
« saluèrent comme leur idéal, dès son entrée dans la
« carrière des lettres, reconnurent et proclamèrent
« d'eux-mêmes sa supériorité.... (4). Les esprits de
« son temps et ceux de l'âge suivant se sont non seule-
« ment formés par lui, ajoute le même auteur, mais
« c'est lui qui leur a communiqué le feu. Il est, dans le
« sens le plus complet, le maître de ceux qui l'envi-
« ronnèrent et de ceux qui sont venus après lui (5). »

(1) Histoire de la poésie allemande, tome IV, p. 108.
(2) Id p. 109.
(3) Id. p. 113.
(4 T. II, p. 125.
(5) Id., p. 125.

Mais qui nous donnera le secret de cette supériorité en poésie, et de cette influence si générale et si durable que Klopstock exerça sur la poésie allemande ? Nous le trouvons 1° dans l'état de la poésie au moment où parut Klopstock ; 2° dans le caractère même du poëte et dans celui de ses œuvres.

En effet, pendant les deux siècles précédents, la poésie allemande, jadis si brillante, s'était peu à peu éteinte sous le mépris des grands et des seigneurs, dont elle avait fait autrefois le bonheur et la gloire. Les rares poésies que l'on rencontre alors, ne sont que des imitations froides et guindées des chefs-d'œuvre anciens, dont on n'a su s'approprier ni la vie, ni le mouvement. Nulle étincelle poétique, nul sentiment noble et généreux, rien de grand dans ces mesquines productions, qui ne sont hélas ! qu'une reproduction trop réelle de la société allemande à cette époque. Aussi, malgré les efforts d'un Martin Opitz et de son école, l'état des lettres et surtout de la poésie était-il déplorable au commencement et jusqu'à la première moitié du XVIIIe siècle.

Avec la guerre de Sept ans, la vie intellectuelle commence à se réveiller en même temps que la vie politique. Toutefois, la lutte littéraire de Gottsched contre l'*école suisse*, dirigée par Bodmer, n'avait encore réussi à produire que des poëtes assez habiles et assez purs, il est vrai, mais pas un de ces hommes capables de réveiller, comme par enchantement, les esprits et les cœurs. Le terrain était prêt pour recevoir la bonne semence, il ne fallait plus qu'un semeur. Ce semeur, ce fut Klopstock.

Il possédait, en effet, à un très-haut degré, les qualités nécessaires pour raviver le feu sacré de la poésie et l'amour du beau et du bien dans le cœur de ses compatriotes. Vrai poëte lyrique dans toute la force du terme, il avait un cœur ardent pour tout ce qui est noble et généreux. Au seul nom de patrie, de religion, d'amitié et d'amour, son cœur bondissait dans sa poitrine émue. Il était encore sur les bancs de l'école, que déjà il pleurait en songeant à l'infériorité de sa patrie dans les productions de l'esprit. « Une généreuse « indignation s'empare de moi, s'écrie-t-il, dans son « discours d'adieu à l'école de Pforta qui l'avait formé, « et la colère la plus juste m'enflamme, quand je con- « sidère la torpeur de notre nation. Nous cherchons « la gloire de l'esprit dans de viles bagatelles. Hélas ! « indignes que nous sommes du nom de Germains, « c'est par des vers qui ne semblent naître que pour « mourir et disparaître, que nous osons prétendre à « la sainte immortalité ! Ce n'était pas avec cette mol- « lesse qu'autrefois nos ancêtres faisaient briller leurs « armes (1). »

Le patriotisme qui éclate dans ces paroles du jeune homme de vingt ans, Klopstock l'a conservé pendant toute sa longue et noble carrière. Rien de ce qui inté-

(1) KLOPSTOCK, etc., par C.-J. Cramer. Hambourg, 1780. T. 1, p. 123.

ressait son pays ne lui était indifférent, et il a consacré sa lyre à célébrer toutes les gloires nationales.

Il n'est pas besoin d'insister sur le sentiment chrétien qui inspira le chantre du Messie. Nous nous con-
tenterons de dire avec Vilmar que les critiques les
moins favorables à Klopstock reconnaissent dans ses
poésies religieuses « une inspiration réelle, vraiment
« poétique, vive, ardente et chrétienne qui était, à
« cette époque, tout à fait neuve, incomparable, unique
« et qui ne pouvait manquer d'avoir l'influence la plus
« puissante sur son temps (1). »

Le sentiment profond de la nature qu'il manifesta,
dès sa plus tendre jeunesse, ne fit que se fortifier, à
mesure que se développa en lui le talent poétique. Il a
su sortir des lieux communs et usés de la description,
en rattachant la nature à son auteur, en mêlant à ses
poésies une pensée morale, une aspiration vers la Providence. L'univers n'est point pour lui un livre fermé.
Il y apprend la bonté, la puissance et la grandeur de
Dieu ; il y voit en caractères ineffaçables le dogme de
l'immortalité et de la vie future.

Dans les monuments qu'il consacre à l'amitié, on
retrouve la tendresse la plus touchante et la plus noble,
avec une certaine mélancolie causée par la pensée de
la séparation, dont la mort menace, à chaque instant,
les amis sur cette terre. Mais cette mélancolie même
donne du charme à sa poésie, car elle est tempérée

(1) T. ii, p. 129.

par l'espérance de se retrouver bientôt dans le ciel. Du reste, comme le dit Gervinus, personne n'a exprimé d'une manière aussi énergique que Klopstock la joie à côté de la tristesse (1).

Après la conscience du devoir accompli, l'amitié est, avec l'amour, le plus grand bonheur de l'homme sur la terre. Mais aussi quelle élévation, quelle pureté dans l'amour tel qu'il le conçoit et le chante ! C'est l'amour chrétien ; c'est l'aspiration l'une vers l'autre de deux âmes vertueuses dans le désir de s'aider mutuellement à pratiquer la vertu. L'amour vrai ne peut être senti et pratiqué que par les cœurs vertueux. On retrouve dans les chants d'amour, dit Vilmar, quelque chose de la vieille manière des Minnesænger, bien que le poëte ne les ait pas connus. C'est une voie dans laquelle l'ont suivi les poëtes modernes de l'Allemagne, au grand avantage de la poésie érotique (2).

A ce patriotisme ardent, à ce vif sentiment de la nature, à ce christianisme sincère et profond, Klopstock joignait l'admiration la plus haute pour la littérature classique. Le premier en Allemagne, il sut comprendre et étudier dignement les chefs-d'œuvre de l'esprit grec et latin ; le premier, il sut donner une direction habile et féconde à l'étude ardente, mais stérile jusque-là, des langues anciennes.

En résumé, Klopstock réunissait en lui tous les élé-

(1) T. iv, p. 106.
(2) T. ii, p. 142.

ments divers dont se compose l'esprit allemand : patriotisme, religion, sentiment de la nature, douce
rêverie, connaissance vraie de la littérature ancienne.
Pour nous qui avons étudié, jusque dans ses moindres
détails, la vie de ce grand poëte, nous pouvons dire que
toutes ces qualités il les possédait en lui-même, et qu'il
ne doit tout ce qu'il est qu'à lui seul. Et, sans dire avec
Gervinus, que le génie du siècle veilla sur la naissance
du poëte « pour lui inoculer toutes les aspirations de
« son siècle, celles qui existaient, comme celles à
« venir (1) ; sans nous écrier avec Vilmar que « les
« grandes pensées, il les a apportées seul, pareil à un
« brillant météore, dans les temps modernes, qu'il
« porte sur ses épaules (2), » nous dirons qu'il a surtout été poëte par le cœur et le sentiment. Il n'a jamais
chanté que ce qu'il croyait et ressentait profondément;
il s'est peint tout entier, sans ostentation comme sans
détour, dans ses poésies « chastes et saintes comme sa
religion, » pour nous servir des propres expressions de
Schiller (3).

Malgré les qualités poétiques de Klopstock, ses odes
ne sont pas toutes irréprochables sous le rapport de
l'art et du style. On trouve dans beaucoup de celles
qu'il composa pendant la seconde moitié de sa vie
(1771-1803), de l'obscurité et de l'enflure. Nous avoue-
rons même que quelques-unes de la première période

(1) T. IV, p. 107.
(2 T. II, p. 132.
(3) T. XII, p. 213.

sont difficiles à comprendre pour des étrangers, qui n'ont point une connaissance suffisante du caractère du poëte et de l'histoire politique et littéraire de l'Allemagne à cette époque. C'est ce qui nous a déterminés à faire un choix et à mettre, en tête de chaque ode, un argument destiné à en faire connaître l'occasion ou le sujet. Nous ajoutons quelques notes, quand il est nécessaire, pour éclaircir davantage encore le texte.

Nous avons tâché, dans notre choix, de donner un échantillon de tous les âges poétiques de Klopstock. Nous aurions dû, en conséquence. placer les odes dans leur ordre chronologique pur et simple. Cette méthode qui eût été, selon nous, la seule véritable, si nous avions publié une édition complète des œuvres lyriques de notre poëte, n'avait plus autant sa raison d'être dans un simple choix. Nous avons donc pensé qu'il valait mieux les partager en trois grandes divisions : 1° chants d'amour ; 2° chants philosophiques et religieux ; 3° chants patriotiques. Dans chacune de ces divisions, nous avons conservé l'ordre chronologique, de telle sorte que l'on pourra suivre le développement du même sentiment aux différentes époques de la vie du poëte.

Nous ne terminerons pas notre préface sans dire quelques mots sur notre manière de traduire et sur les termes de mythologie dont Klopstock fait usage. Nous avons essayé de calquer, pour ainsi dire, notre traduction sur le texte même, toutes les fois qu'il nous a été possible de le faire en demeurant français. Pour cela, nous avons largement usé de l'inversion si fréquente et si pittoresque en allemand. Quand nous n'avons point osé insérer dans le texte l'image ou la métaphore de l'allemand, nous la donnons en note. Nous avons aussi conservé souvent le mot *lied* (chant), au pluriel *lieder*, employé fréquemment par le poëte, afin d'éviter la répétition de *chant* et *chanter*.

Outre les noms des dieux grecs et latins dont Klopstock se sert encore quelquefois dans les odes imitées de l'antiquité, il emploie les noms de la mythologie du nord, dans les odes nationales, et, dans les odes religieuses, les expressions consacrées par la Bible pour exprimer les différents genres de poésie.

Comme c'était dans les forêts que les anciens Germains célébraient leurs fêtes et leurs sacrifices, pendant lesquels les bardes chantaient leurs *lieder*, le mot forêt est devenu chez Klopstock le synonyme de poésie. Mais de quelle nature est cette forêt? C'est une forêt de chênes, car le chêne est l'arbre national des bardes. Les ombrages épais et rafraîchissants que donnent ces vieux chênes aux troncs élevés, sont l'emblème des doux délassements que l'homme trouve dans la poésie. Dans cette forêt habitent les bardes et les poëtes, c'est-à-dire les anciens et les nouveaux poëtes allemands. La forêt est souvent visitée par Braga, le dieu de la poésie, l'Apollon grec. Il tient en main une télin ou lyre du nord, et porte une couronne de feuilles de chêne. Cette couronne est le symbole de la gloire poétique, comme la couronne de laurier chez les Grecs.

Dans la forêt jaillit une source appelée Mimer, à laquelle les poëtes vont boire l'inspiration. Mimer est la source de la poésie et de la sagesse; car les poëtes doivent être des sages, et leurs chants doivent éclairer les hommes et les rendre meilleurs. La forêt poétique est élevée : c'est une montagne boisée, car la poésie s'élève au-dessus de la prose. La source de Mimer se changeant en ruisseau parcourt la forêt et se répand, sous forme de cascade, dans la vallée voisine, emblème du public..

Tels sont les principaux termes symboliques dont se sert le poëte dans les odes nationales. Des notes feront connaître les attributs de quelques autres dieux Germains, quand ils se présenteront.

Dans les odes religieuses, comme dans le Messie, la forêt de chênes est remplacée par la colline de palmiers, d'où sort la source sacrée de la poésie, *Phiala*, source du Jourdain. C'est sur cette colline qu'habite la muse céleste, Siona, appelée ainsi à cause de la montagne de Sion, où demeurait le Chantre des psaumes. Parfois cependant, Siona visite le mont Thabor. Elle récompense le mérite des chantres sacrés avec des branches de palmier, dont elle couronne aussi leur instrument, la harpe de David. La harpe est le symbole de la poésie religieuse.

LE ROSSIGNOL

1748

Argument. — Cette ode est la première que le poëte ait consacrée à célébrer son amour pour la belle et spirituelle sœur de son ami Schmidt. Elle a été composée à l'occasion d'une promenade que Fanny avait faite dans une forêt voisine. En voici le plan : Un rossignol, que Fanny avait entendu, prend lui-même la parole, et raconte une sublime apparition dont la vue ranime son chant. Puis, après l'éloge de Fanny, il lui demande si les larmes qu'il voit couler de ses beaux yeux, seraient ce que les hommes appellent Amour. Enfin dans la dernière strophe, le poëte reprend la parole et demande à Fanny si le douze mai, dont a parlé le chantre de la forêt, n'est pas le jour même où elle est allée s'y promener.

« Je naquis un joyeux printemps, et je voltigeai çà et là. Pendant ce joyeux printemps, ma mère m'instruisit avec soin et me dit : « Rossignol, passe le « printemps à chanter!

« Si la forêt seule t'écoute ; si tes compagnons t'é-
« coutent seuls en voltigeant autour du rameau touffu,
« ne chante, ô rossignol, que les chants du rossignol.

« Mais si quelqu'un de plus noble que les vieillards
« de la forêt (1) s'avance vers toi ; s'il vient, le Dieu de
« la terre, fais alors retentir, ô heureux chantre, des
« accents plus pleins et plus inspirés ;

« Car ils t'écoutent aussi, les hommes immortels.
« Ton chant éveille en eux leur plus divin penchant.
« Ah ! rossignol, chante alors l'amour pour les hom-
« mes immortels ! »

Je m'envolai et je chantai : et la forêt émue et les
collines d'alentour écoutèrent mon chant flûté, et sur
la rive le gazouillement du ruisseau devint plus doux.

Cependant ni la colline, ni le ruisseau, ni le chêne
lui-même n'étaient point le Dieu, et bientôt je baissai
le ton de mon chant ; car ce n'était ni pour des déesses,
ni pour des dieux que je te célébrais, ô Amour !

En ce moment, s'avança au milieu de l'obscurité de
l'ombrage, une noble figure, plus vivante que la forêt,
plus belle que la campagne : l'une des Immortelles.

Quelle nouvelle ardeur m'embrasa ! Ah ! quel regard ! Le zéphyr me retint, je m'évanouissais déjà ! Si
la voix pouvait exprimer son regard, elle serait plus
douce

Que mon chant le plus léger, que mes accents les
plus mélodieux et les plus touchants, quand, dans les

(1) Les chênes.

transports de ma jeunesse, je m'élève des branches du buisson au sommet de la forêt.

Oh ! ce regard de tes yeux, il me restera éternellement présent ! Comment t'appeler dans mon chant et te célébrer dans mes accents ? T'appellerai-je, te nommerai-je Ame ? Est-ce toi qui rends immortels

Les Immortels ? Œil, à quoi te comparerai-je ? Es-tu l'azur de l'air, quand l'étoile du soir lui communique un doux éclat d'or ? Ou ressembles-tu au ruisseau,

Qui s'est à peine échappé de la source ? Jamais le buisson n'a vu ses roses plus belles ; jamais, en me balançant sur un rejeton printanier, je ne me suis vu plus brillant dans le cristal de l'eau courante....

Oh ! que disait alors son regard ? Est-ce que tu m'as compris, ô déesse ? est-ce que tu as compris un rossignol ? Ai-je chanté l'amour pour toi ? Et qu'est-ce qui coule doucement de ton œil languissant ?

Est-ce l'amour qui s'échappe ainsi de ton œil ? Cette divine inclination, est-ce mon chant qui l'éveille ? Quelle douce émotion soulève ton sein palpitant ?

Dis, comment s'appelle ce désir qui fait bouillonner ton cœur ? Sans lui le plat d'or d'Iduna te charme-t-il encore (1) ? Est-ce la céleste vertu, ou la joie que donne la forêt du Walhalla ?

Sois toujours fêté par moi, ô donzième jour du fleuri mois de mai, où je vis la déesse ! Mais plus fêté encore

(1) Iduna dans la mythologie scandinave est la gardienne des pommes d'or qui communiquent l'immortalité. Elle est aussi épouse de Braga, dieu de la poésie.

sois-tu entre les mois de mai, quand je la verrai dans les bras

D'un jeune homme, qui comprendra l'éloquence de ces yeux, et le printemps de ce visage souriant, et l'Esprit qui a créé tout cela ! »

Ne fut-ce pas en ce jour, ô Fanny? ne fut-ce pas le douze mai, que l'ombrage l'attira ? Ne fut-ce pas le douze mai qui s'écoula si triste et si vide pour moi, parce que j'étais seul ?

———

A DIEU

1748

A nice and subtile happiness I see
Thou to thyself proposest, in te choice
Of thy associates.

    Oui, je le vois, c'est un bonheur cons-
tant et tendre que tu te proposes dans
le choix de tes compagnons.

Milton.

ARGUMENT. — Fanny est encore le sujet de cette ode. Dans une
prière ardente, le poëte demande solennellement à Dieu de la
lui accorder. Il commence par trembler à l'idée de la présence
de Dieu qui voit toutes nos pensées ; peut-être y a-t-il quelque
chose de coupable à désirer Fanny si vivement ! Mais bientôt il
se tranquillise, en se rappelant que c'est Dieu même qui fixe
ainsi nos désirs. Il reprend confiance, en songeant qu'il peut
parler à Dieu, devant lequel il épanche alors son cœur. Dieu lui-
même est Amour ; c'est lui qui a donné l'amour aux anges, et
l'a inspiré aux hommes dans la personne d'Adam. C'est Dieu qui

a créé des âmes les unes pour les autres, et cependant ne semble-t-il pas éloigner de Klopstock celle qu'il aime ? Dieu sait ce qu'il fait, un jour tout s'éclaircira, et les âmes créées l'une pour l'autre se reverront pour toujours. Après cette pensée de résignation, il en revient à Fanny, et demande au Ciel, avec instance, celle avec laquelle il croit pouvoir être heureux et pratiquer plus facilement la vertu ici-bas.

Un secret frissonnement produit par ta présence universelle, m'agite, ô Dieu ! Un doux tremblement parcourt mon cœur et mes membres. Je sens, je sens que tu es là même où je pleure, ô Dieu !

De ta face, ô Infini, part un regard scrutateur, qui pénètre mon cœur toujours ouvert pour toi. Sois saint devant lui, ô mon cœur ! sois sainte, ô mon âme, échappée du souffle de l'Éternel !

Une illusion m'égare-t-elle ? ou ce que ma pensée me dit doucement à l'intérieur, est-il bien vrai ? Impression, es-tu vraie ? Quoi ! je pourrais parler librement au créateur de l'âme ?

Pensées de Dieu, conçues à la fois par l'Éternel et par le Sage, si vous vous élevez contre les pensées humaines, oh ! où s'enfuiront-elles devant vous, pensées de Dieu (1) ?

Quand elles s'enfuiraient dans l'abîme, vous y êtes ; et quand elles se précipiteraient tremblantes dans l'infini, vous seriez aussi dans l'infini pour les voir, vous qui connaissez tout.

(1) Allusion au psaume 139.

Et quand elles prendraient les ailes des Séraphins, quand elles s'envoleraient dans leurs assemblées et se mêleraient à leur chœur sublime, à l'alleluia et aux chants des harpistes,

Là aussi vous les entendriez, ô pensées de Dieu (1)! Ne fuyez donc pas plus longtemps, quand même vous seriez plus humaines encore, ne fuyez point! Celui qui est éternel, sait qu'il vous a renfermées dans un étroit horizon.

O joyeuse confiance! ô consolation! Mon âme peut te parler, ô Dieu! ma bouche peut s'ouvrir devant toi pour balbutier des sons humains!

Je l'ose et je parle! Mais tu sais bien, depuis long-temps déjà, ce qui consume mes membres, ce qui, répandu au fond de mon cœur, est pour mes pensées une image éternelle.

Ce n'est pas aujourd'hui pour la première fois que tu m'as vu pleurant, passer des jours longs pour moi, et qui ne sont qu'un instant pour toi. C'est toi qui étais; tu t'appelles Jéhova, et moi, poussière de poussière;

Poussière, et cependant éternel, car l'âme immortelle que tu m'as donnée, ô Dieu, tu me l'as donnée pour l'éternité; tu lui as inspiré, pour en faire ton image, de nobles désirs de repos et de bonheur,

Une légion innombrable de désirs! Cependant il en est un qui devint plus magnifique que tous les autres, le

_____

(1) Il y a dans le texte : O divins auditeurs.

roi de tous les autres, le dernier et le plus divin trait de ton image : ce fut l'amour.

Tu l'éprouves toi-même, mais comme l'Éternel ; ils l'éprouvent aussi, en poussant des cris de joie, ceux que tu créas célestes, les anges sublimes, ce dernier et divin trait de ton image : l'amour.

Tu l'imprimas profondément dans le cœur d'Adam. O Dieu, tu lui amenas la Mère des hommes, parfaitement conforme à son idée de la perfection et créée pour lui.

Tu me l'as aussi profondément gravé dans le cœur. Celle qui répond si bien à mon idée de la perfection, celle qui est créée pour moi, et que j'aime de tout mon cœur, l'éloignes-tu de moi ?

Celle en présence de qui mon cœur entier s'épanche, et, dans l'excès de son émotion, verse tous les torrents de larmes qu'il peut verser ; celle que j'aime, l'éloignes-tu de moi, ô Dieu ?

Tu l'éloignes par ton destin qui, invisible à nos yeux, se déroule, se déroule sans cesse dans l'obscurité ; tu l'éloignes de mes bras ouverts, mais non de mon cœur inquiet.

Et cependant tu sais combien la pensée de former l'une pour l'autre des âmes sensibles, était sublime quand tu la conçus et la réalisas !

Tu le sais, ô Créateur ! mais ton destin sépare les âmes que tu as créées l'une pour l'autre ; ton destin suprême, impénétrable, obscur pour nous, et cependant digne de notre adoration.

Comparée à l'éternité, la vie ressemble au souffle rapide qui échappe au moribond ; avec lui s'échappe l'âme qui s'en va voguer à jamais sur le fleuve de l'éternité.

Un jour, le Père du destin éclaircira tout ce qui est **obscur**. Il n'y aura plus alors de destin. Et alors tu rendras les unes aux autres, ces âmes ivres du bonheur de se revoir.

Pensée digne de l'âme et de l'éternité ! capable même de calmer la douleur la plus triste, mon esprit te conçoit dans ta grandeur ; mais je sens trop la vie,

Que je mène ici-bas. Pareil à l'éternité, ce qui n'était qu'un souffle, prend à mes yeux des proportions effrayantes. Je vois, je vois mes douleurs se prolonger devant moi dans une obscurité sans bornes.

O Dieu, fais fuir cette vie comme un souffle léger... Non, pas cela !.... Donne-moi celle que tu as créée semblable à moi ! Ah ! donne-la moi ! il t'est facile de donner. Donne-la à mon cœur tremblant et inquiet ;

Accorde-la au doux frisson qui me pénètre en sa présence, au secret bégaiement de mon âme immortelle (1) qui, sans paroles pour exprimer ses sentiments, est entièrement muette, si ce n'est quand elle pleure.

Accorde-la à mes bras que, dans mon enfance ingénue, j'élevai souvent au ciel vers toi, quand, le front brûlant, je te demandais avec ferveur le repos éternel.

D'un seul signe tu donnes et tu enlèves son court

---

(1) Le texte dit : De celle qui est immortelle.

instant de bonheur à ce vermisseau pour qui les heures sont des siècles ; à ce vermisseau qui s'appelle l'homme, qui grandit, fleurit, se fane et tombe.

Aimé d'elle, je proclamerai la vertu, belle et bienheureuse ; je contemplerai d'un regard immobile son céleste portrait, et je n'appellerai repos et bonheur que

Ce qu'elle me montrera. Mais toi aussi, ô vertu plus pure, toi qui habites au loin une région supérieure à celle où s'exerce notre vertu, je t'honorerai plus saintement, inconnu des hommes, remarqué de Dieu seul.

Aimé d'elle, je pousserai devant toi d'ardents cris de joie, et mon cœur trop plein se répandra devant toi en de brûlants alleluia, ô Père éternel !

Alors si, l'œil inondé, et ravie jusqu'au ciel, elle veut chanter avec moi, dans la prière et les larmes, ta gloire sublime, même ici-bas avec elle je comprendrai la vie d'en haut.

Enivré, dans ses bras, d'un plaisir pur, je chanterai avec plus d'élévation le chant du Médiateur (1) pour les bons qui aiment comme nous, comme nous sont chrétiens, ont les mêmes sentiments que nous.

(1) Allusion à son poëme du Messie.

A FANNY

1748

ARGUMENT. — Klopstock exprime dans cette ode les dispositions mélancoliques où l'a placé un amour sans espoir. Il cherche dans la religion et dans la foi des motifs de consolation. Il retrouvera dans l'autre vie celle qu'il a perdue ici-bas. C'est cette ode dont il traduisit les six premières strophes en vers grecs (1).

Un jour, quand je serai mort et que mes ossements seront tombés en poussière ; quand, œil éteint par la mort, tu auras cessé depuis longtemps de pleurer sur le destin de ma vie,

Et que, dans une silencieuse adoration, tu n'élèveras plus tes regards du côté de la vie future ; quand ma gloire vantée, quand le fruit des larmes de ma jeunesse et de mon amour pour toi, ô Messie,

(1) Voir notre *Essai sur Klopstock*, note II.

Sera anéanti, ou n'aura été conservé que par un petit nombre de ceux qui vivront alors; quand, ô ma Fanny, tu seras morte depuis longtemps déjà, et que de tes yeux

Le sourire calme et le regard animé seront aussi éteints; quand, sans être remarquée de la foule, tu auras accompli toutes les nobles actions de ta vie;

Plus dignes de la postérité qu'un chant immortel; ah! si alors tu en as aimé un plus heureux que moi....
..... permets-moi cet orgueil, un plus heureux, mais non plus noble,

Alors, viendra un jour où je ressusciterai, alors viendra un jour où tu ressusciteras; alors nul destin ne séparera plus les âmes que tu as destinées l'une à l'autre, ô Nature!

Alors Dieu, la balance dans sa main levée, pèsera le bonheur et la vertu en face l'un de l'autre, et ce qui paraît maintenant en désaccord avec le cours des choses, paraîtra en parfait accord avec l'éternelle harmonie.

Quand tu seras là nouvellement ressuscitée, je me précipiterai vers toi! Je ne m'arrêterai point, jusqu'à ce qu'un Séraphin, me prenant par la main, me conduise vers toi devenue immortelle.

Ton frère alors, tendrement pressé dans mes bras, se précipitera aussi vers toi; alors baigné de larmes, des larmes de joie de cette autre vie, je me tiendrai près de toi et je t'appellerai par ton nom,

Et t'embrasserai. Alors, ô éternité, tu nous appar-

tiendras entièrement. Venez, joies douces et inexprimables qu'un lied ne peut chanter, venez, vous qui êtes
aussi inexprimables que l'est maintenant ma douleur !

Écoule-toi donc, ô vie ! Elle approche sûrement
l'heure qui nous appellera sous le cyprès. Quant aux
autres, elles sont consacrées à un amour mélancolique,
environnées de nuages et d'obscurité.

———

PÉTRARQUE ET LAURE

1748

ARGUMENT. — Pendant une de ces nuits solitaires où les soucis de l'amour ne lui permettaient pas de dormir, Klopstock finit
cependant par sommeiller. C'est alors que Pétrarque et Laure lui
apparaissent. Ils s'entretiennent, en présence du poëte, de leur
tendresse et du bonheur dont ils ont joui pendant leur vie, et qui
dure encore après leur mort. Ils terminent en invitant leurs descendants à les imiter, pour être aussi heureux qu'ils le furent eux-
mêmes.

La lune argentée s'avançait, belle pour d'autres
mortels, mais à peine regardée par moi ; c'est en pleurant que j'en détournai mon œil mélancolique et fatigué pour le diriger vers l'obscurité. Trois fois le cœur
me battit ; trois fois tu tremblas en moi, ô fille du
souffle éternel, âme faite pour l'amour ! trois fois le
triste sentiment de ta solitude t'effraya. Si elle t'avait
vue, celle pour laquelle tu tremblais, celle pour laquelle, ô âme immortelle, tu versais en soupirant des

larmes telles que, dans leur tristesse, en versent des
êtres plus élevés, elle n'aurait peut-être pas été tou-
chée de ces larmes, elle n'aurait peut-être pas pleuré
avec toi !

Mais un doux repos la couvrait des ailes d'un paisible sommeil ; et son cœur divin, élevé au-dessus du
mien, soulevait lentement le sein de la jeune fille. Le
repos ne fuyait que moi, et le sommeil favorable et
bienfaisant, jadis mon compagnon, passait devant mes
yeux et mes tristes regards trop éveillés et trop in-
quiets. Mon œil était dirigé vers l'obscurité profonde, et te cherchait, ô compagnon de ses larmes,
rossignol, chantre de la sombre forêt. Tes sympathi-
ques accents, ta plainte mélancolique, tes consolations
me manquaient. Enfin je sommeillai, et un Immortel
compatissant me ferma les yeux. Oh ! alors recueille-
les, recueille ces larmes saintes dans des coupes d'or,
et porte-les, ô être céleste, aux Immortelles dont le
cœur battit tendrement aussi : à la divine Rowe (1), ou
à Radikin (2) qui s'endormit doucement dans son printemps, ou à Doris que Haller (3) pleure encore, quand

(1) Elisabeth Rowe, née Singer, était fille d'un gentleman du
Summersetshire, née en 1674 à Ilchester Elle faisait déjà des vers à
douze ans, et donna, en 1696, un recueil de vers qui fut accueilli
avec applaudissement. Parmi ses écrits, on distingue une narration
poétique de l'histoire de Joseph, et les lettres d'une morte a une
vivante, dont il parut une traduction allemande à Hanovre,
en 1745.

(2) Fiancée de Cramer, ami de Klopstock.

(3) Haller, poëte ami de Klopstock, perdit de bonne heure Doris,
son épouse.

il voit Doris la jeune. Si, par hasard, ma douleur a touché l'une d'elles, qu'elle descende de cette gracieuse assemblée, et vienne amollir le cœur de celle que mon esprit immortel désire si vivement, et l'initier aux mêmes sentiments de tendresse.

Telles étaient mes pensées quand je m'endormis. L'Éternel, dans sa compassion, m'envoya un songe. Je vis Laure : près d'elle se tenait le tendre et harmonieux Pétrarque. Elle était d'une beauté juvénile ; elle n'était point comme le peuple léger des jeunes filles aux joues de roses, qui fleurissent vides de pensées, créées par la nature seulement en passant et comme par amusement, vides de sentiment et d'esprit, vides de ce regard divin, tout-puissant et victorieux. Laure était d'une beauté juvénile ; ses mouvements exprimaient tous la divinité de son cœur ; et digne de l'immortalité, elle s'avançait fièrement en triomphe, belle comme un jour de fête, libre comme l'air pur, pleine de simplicité comme toi, ô nature ! Sur son sein agité se plaça Pétrarque : il dit alors dans son bonheur :

« Ah ! quelles impressions les battements de ton cœur font pénétrer dans mon âme émue ! Chaque souffle, qui soulève ta poitrine palpitante, m'élève au rang des Immortels ! Ah ! que je repose doucement ! Laisse-moi ! Mon âme ne peut plus concevoir la vivacité de ton amour. Laure, Laure ! mon esprit s'élève, rempli d'une noble volupté, sur les collines des bienheureux, sur les collines du repos où l'ivresse du ravissement me donne le vertige. Chantez, fils de la lumière,

le bonheur inexprimable et doux de mes sentiments !
Chantez-le pour moi ! je ne puis que pleurer de joie et
d'amour pendant l'éternité. »

« Mon Pétrarque, » dit-elle ; puis ses larmes seules
et ses joyeux soupirs parlèrent :

« Ah ! comme vous vous écoulez doucement au milieu des embrassements, ô éternités paisibles ! Ah !
comme notre nom, devenu immortel dans le monde in-
férieur, nous récompense de nous y être aimés ! Là-bas,
nos descendants imitent notre tendresse. Descendants,
qui nous imitez, le souriant âge d'or répandra parmi
vous les fleurs et les couronnes ; vous serez plus heureux que ne le sont les dominateurs, plus que les rois
victorieux. Que les accords de la lyre vous obéissent !
Chantez d'une manière digne de l'immortalité, digne
de celle qui vous aime ; donnez-la pour modèle aux
âges suivants ! Descendantes, qui avez les mêmes sentiments que Laure, puisse l'âge d'or s'écouler pour
vous comme un mai éternel, comme un jour de fête,
au milieu des doux embrassements ! Vous serez plus
heureuses que la fiancée du conquérant, que les filles
du vainqueur. Que pour vous seules retentissent les
accents de la lyre ! Soyez immortelles, comme Laure ! »

LE LIEN DE ROSES

1752

ARGUMENT. — Cette charmante petite composition n'a nullement besoin de commentaire pour être comprise et sentie comme elle le mérite. Elle semble rivaliser avec ce qu'Anacréon nous a laissé de plus gracieux.

Je la trouvai sous l'ombrage printanier, je l'enchaînai avec des liens de roses. Elle ne le sentit point et continua de sommeiller.

Je la contemplai. De ce moment ma vie dépendit de sa vie. Je le sentis bien ; pour elle, elle l'ignorait.

Dans mon émotion, je ne pus que murmurer à son oreille des paroles inarticulées, et agiter les liens de roses dont le frôlement la tira de son sommeil.

Elle me regarda. De ce moment, sa vie dépendit de ma vie, et pour nous commença le bonheur de l'Élysée.

SON SOMMEIL

1752

ARGUMENT. — La première strophe de l'ode nous fait connaître le sujet. Klopstock était allé rendre visite à Méta, malade ; il la trouve endormie et s'en réjouit, car le sommeil fortifie les malades. Debout près d'elle, il fait à voix basse des vœux pour son rétablissement. Quelle délicatesse et quelle fraîcheur dans ce petit tableau !

Elle dort. O sommeil, verse délicatement dans son tendre cœur le baume de la vie ! va puiser à la source pure de l'Éden, une onde limpide et transparente,

Et répands-la en rosée odorante sur ses joues d'où s'est enfuie la fraîcheur ! Et toi, ô repos que procurent la vertu et l'amour, toi, le plus bienfaisant des génies de l'Olympe, couvre

Cidli de tes ailes. Comme elle sommeille tranquillement ! Silence, ô lyre, même à la plus faible de tes cordes ! Tes lauriers vont se faner, si le moindre frémissement arrache Cidli à son sommeil.

LA CRAINTE DES AMANTS

1755

ARGUMENT. — Le poëte et l'amant sur le point de s'éloigner de Méta, pour retourner en Danemarck, cherche à la tranquilliser sur les craintes que lui inspirent les dangers d'un long et difficile trajet.

Tu pleures, Cidli, et moi je sommeille sans crainte, là où la route se dérobe, perdue dans le sable ; lors. même que les ombres silencieuses de la nuit la couvrent, je la parcours tranquillement, plongé dans le sommeil.

Là où elle finit, et où le fleuve se change en mer, je glisse sans crainte sur ce fleuve qui s'enfle doucement ; car Dieu qui m'accompagne, le lui commande. Cidli ne pleure pas !

SELMA ET SELMAR

1766

Argument. — Le sujet de cette ode, qu'il ne faut pas confondre avec l'élégie du même nom, est un tendre adieu de deux amants. Le jeune homme va faire un long voyage, que la jeune fille se figure dangereux, et il cherche à la rassurer.

SELMAR.

Ne pleure pas, ô toi que j'aime si profondément, parce qu'une triste journée va me séparer de toi! Quand là-haut Vesper te sourira de nouveau, je reviendrai plus heureux.

SELMA.

Mais c'est dans l'obscurité de la nuit que tu vas grimper sur les rochers! C'est dans la nuit trompeuse et sombre que tu vas voyager sur les ondes! Si je pouvais seulement partager avec toi le danger de mourir, je pleurerais de bonheur !

LE REVOIR

1797

ARGUMENT. — Klopstock reverra bientôt Méta ; bientôt le même tilleul ombragera les cendres de Méta et les siennes. Il connaîtra alors ce monde supérieur, dont il n'a que des pressentiments.

L'étendue de l'univers me sépare de toi ; je n'en suis pas aussi éloigné par le temps. Celui qui a déjà dépassé sa soixante-dixième année, est près de toi.

J'ai longtemps contemplé ta tombe. O Méta, longtemps j'ai regardé s'agiter au souffle du vent le tilleul qui l'ombrage. Un jour aussi ce tilleul s'agitera et répandra ses fleurs sur moi.

Non pas sur moi ! Ce ne sera que sur mon ombre que tomberont ses fleurs, de même que ce n'est que sur ton ombre qu'elles sont tombées si souvent.

Mais alors je connaîtrai ce monde supérieur où tu es

depuis si longtemps ; nous regarderons alors avec joie s'agiter le tilleul qui ombragera nos tombeaux.

Alors..... Mais, hélas ! je ne connais pas ce que tu connais déjà depuis longtemps ; il n'en voltige que des pressentiments autour de mon âme.

C'est en m'apportant de joyeuses espérances que l'aurore s'approche ; le soleil, en ressuscitant chaque jour, me donne de joyeux et profonds pressentiments.

LES DEUX VERS LUISANTS

1801

ARGUMENT. — l'éclat des vers luisants, c'est l'amour qui se manifeste. L'amour embellit tous les êtres.

Oui, je brille comme toi ! Quel changement depuis que nous nous sommes échappés du fond de l'abîme ! Le zéphyr est ici plus léger et plus agréable que près de cette triste fontaine !

« Naguère nous avions bien un certain éclat lumi-
« neux, mais c'était une lueur à peine visible. Mainte-
« nant ce sont des rayons que nous nous envoyons mu-
« tuellement. Depuis que je suis métamorphosé, tout
« rayon, toute étincelle qui s'échappe de moi vers toi
« devenu plus brillant aussi, c'est de l'amour ! »

Oui, ce sont des rayons que nous nous envoyons mutuellement. Tu le sens, chacun des rayons, chacune des petites étincelles que t'envoie mon cœur, c'est de l'amour.

« Ah ! où sommes-nous ? Tout est riant autour de
« nous, tout nous invite à la joie ! »

Je m'étonne toujours de cet éclat qui s'échappe de nous, et nous inonde de joie ; cette étoile, qui s'abaisse sur l'azur du firmament, envoie des torrents de lumière comme nous.

« Vois ce géant (1), comme il tourne autour de nous !
« Ah ! il nous aime ! Je l'aime aussi ! Mais il ne brille
« pas comme nous. Puisse-t-il désormais briller aussi
« comme nous, et un jour être aussi heureux que
« nous ! »

(1) Sans doute le poëte lui-même.

_____

CHANTS PHILOSOPHIQUES

ET RELIGIEUX.

A EBERT [1]

1748

ARGUMENT. — Une nuit que Klopstock méditait sur l'épisode de la Résurrection et du Jugement dernier qu'il devait faire entrer dans son Messie, il fut vivement saisi par la pensée qu'il pouvait perdre tous ses amis. Bientôt son imagination lui fit voir leurs tombeaux. C'est cette sombre vision qu'il se rappelle dans la société intime d'Ebert. Ce souvenir lui arrache des larmes (v. 1-5). Il se retire pour pleurer (5-12), et, lorsqu'il revient, il dévoile à son ami l'état de son cœur, et lui demande avec douleur si tous leurs amis ont disparu, et s'ils ne restent plus qu'eux deux pour pleurer (13-52). Le poète alors, par un tour habile, exprime à son ami l'estime et l'affection qu'il a pour lui, en lui peignant la douleur que lui causerait sa perte (53-64). Enfin, après s'être adressé aux tombeaux de ses amis (65-80), il cherche à éloigner la triste pensée qui l'agite (81-84).

C'est à cette ode que Mme de Staël fait allusion quand elle dit :

(1) Jean-Arnold Ebert (1723-95) fut l'un des principaux propagateurs de la littérature anglaise dans le nord de l'Allemagne. Il traduisit pour la *Contribution* de Brême le *Léonidas* de Glover et les *Nuits* d'Young. Comme poète il a peu de mérite.

« L'ode à Ebert sur les amis qui ne sont plus, mérite aussi d'être
citée. »

Ebert, une triste pensée, suscitée par ce vin étincelant, m'effraie et me plonge dans une profonde mélancolie. Ah ! c'est en vain, ô coupe jadis si puissante, que tu m'inspires des pensées sereines ! Il faut que je m'en aille et que je pleure ; peut-être une larme bienfaisante fera-t-elle passer mon chagrin.

Larmes bienfaisantes ! la Nature, dans sa sagesse, vous a données pour compagnes à la pauvre humanité. Si vous n'étiez pas, si l'homme ne pouvait pleurer ses douleurs, hélas ! comment les supporterait-il ?

Il faut que je m'éloigne et que je pleure ! une sombre pensée m'agite encore vivement. Ebert....... en est-ce fait maintenant...... d'eux tous ? Le tombeau sacré recouvre-t-il tous nos amis ? et sommes-nous les deux seuls qui restent encore ?..... Ebert...... demeures-tu muet à cette question ? Ton œil immobile et terne ne regarde-t-il point avec tristesse autour de toi ? C'est ainsi que mon regard était morne ; c'est ainsi que je tremblais, quand la plus triste des pensées me foudroya pour la première fois. Tel, ô tonnerre, tu atteins avec rapidité le voyageur qui retourne en hâte vers son épouse, vers le fils qu'il a élevé, vers sa fille florissante, et pleure déjà du bonheur de les embrasser ; tu le frappes à mort, et réduis ses ossements en poussière légère ; puis, de nouveau, tu parcours triomphant les nuages élevés : telle cette pensée frappa mon esprit ébranlé, au point que mon regard s'obscurcit, que mes genoux tremblants frissonnèrent et s'affaissèrent sans forces.

Ah! dans la nuit silencieuse, l'image des morts, nos amis, m'est apparue! Ah! dans la nuit silencieuse, j'ai aperçu des tombeaux ouverts et une troupe d'Immortels! Quand l'œil du tendre Giseke (1) ne me sourira plus; quand, loin de la Radikin (2), notre loyal Cramer (3) sera réduit en poussière; quand Gærtner (4), quand Rabener (5) ne nous parlera plus comme Socrate; quand toutes les cordes de la vie harmonieuse du noble Gellert (6) seront muettes; quand, au-delà du tombeau, le libre et affable Roth (7) se choisira des

(1) Nicolas-Thierry Giseke (1724-65) s'est surtout distingué en poésie comme chantre de l'amitié. Il y a beaucoup de goût et de sentiment dans ses poésies. Klopstock l'aimait surtout à cause de la douceur de son caractère.

(2) Fiancée de Cramer.

(3) Andreas Cramer (1723-88), mort chancelier de l'Université de Kiel, fut un poëte précoce, non sans mérite. Ses odes se distinguent surtout par l'harmonie de la versification, la facilité de l'expression et l'élan religieux.

(4) Charles-Christian Gærtner naquit à Freyberg en 1712, et mourut à Brunswick en 1791. C'est lui qui fut le chef de l'école critique fondée contre Gottsched, et représentée par la *Contribution de Brême*. Il la dirigea avec beaucoup de goût et de finesse.

(5) Cléophile-Guillaume Rabener (1714-71) est célèbre par les satires en prose où il flagelle avec un rare talent les travers de son siècle, sans jamais attaquer les personnes. Il brille aussi par la pureté du style et la finesse des pensées.

(6) Chrétien-Timothée Gellert (1715-69). Cet écrivain nous a laissé des fables, des odes et des cantiques très-estimés.

(7) Ami de Klopstock. Il devint plus tard archiviste à Dresde, puis secrétaire particulier des finances. Il mourut en 1808.

compagnons de bonheur; quand l'ingénieux Schlegel (1), du sein d'un long exil, n'écrira plus à aucun ami ; quand, dans les bras de mon bien-aimé Schmidt, mon œil ne pleurera plus de tendresse; quand Hagedorn (2), notre père, s'en sera allé au repos ; Ebert, que serons-nous alors, nous, voués à la douleur, nous, qu'une triste destinée aura laissés ici-bas plus long-temps qu'eux tous ? Si alors l'un de nous meurt aussi, (ma pensée inquiète m'entraîne de plus en plus dans une sombre mélancolie), si alors l'un de nous meurt aussi, et qu'il n'en reste plus qu'un ; si je suis celui-là ; si elle m'a déjà aimé, celle qui doit m'aimer un jour, et qu'elle repose aussi dans la tombe ; si je suis seul alors, seul sur la terre, Esprit immortel, âme créée pour l'amitié, pourras-tu voir ces jours vides pour le cœur, et rester toujours sensible? ou bien les regarderas-tu comme des nuits ? sommeilleras-tu en repos, privée de sentiment? Mais tu pourrais bien aussi t'éveiller pour sentir ton malheur, ô esprit souffrant, éternel ! si tu t'éveilles, évoque du tombeau l'image seule de tes amis, et dis :

« O tombeaux des morts, tombeaux de mes amis endormis, pourquoi êtes-vous ainsi dispersés? Pour-

(8) Jean-Adolphe Schlegel, frère du poëte dramatique Elie Schlegel, jouissait alors d'une certaine réputation comme poëte et comme critique.

(9) Frédéric Hagedorn naquit à Hambourg en 1708. Il est auteur de fables et de contes ingénieux. Il a fait aussi d'excellents *Chants à boire* dans le meilleur sens du mot. Son style est facile, coulant et pur.

quoi n'êtes-vous pas réunis dans une vallée en fleur,
ou dans une forêt sacrée? Conduisez un vieillard mourant! Je veux d'un pas chancelant aller planter sur
chaque tombe un cyprès. cultiver pour la postérité des
arbres qui ne donnent pas encore d'ombre, et voir souvent dans la nuit, sur leurs tiges flexibles. l'image céleste de mes amis devenus immortels; élever en tremblant ma tête vers le ciel, et pleurer et mourir. Descen-
dez-moi alors dans la tombe près de laquelle je serai
mort! Reçois alors, ô Destruction, mes larmes et
moi! »

Sombre pensée, éloigne-toi! cesse de foudroyer mon
âme! Sérieuse comme l'éternité, terrible comme la justice, éloigne-toi! Mon âme stupéfaite ne peut plus te
saisir, ô pensée!

3.

LE LAC DE ZURICH

1750

ARGUMENT. — Klopstock s'était rendu à Zurich sur les pressantes invitations de Bodmer. Il était à peine arrivé qu'il fit, avec ses nouveaux amis, une partie de barque sur le lac splendide qui baigne l'Athènes de la Suisse. Aussitôt après, il composa cette ode, remarquable à la fois par l'élévation des pensées et par le charme du style. Il commence par cette idée que la nature inanimée est belle, mais que la vue d'un ami est plus belle et plus ravissante encore (Str. 1). Puis il demande à la déesse de la joie de l'inspirer (Str. 2-3). Il énumère ensuite tous les objets qui l'ont réjoui : points de vue (str. 4), belles campagnes (Str. 5), chants joyeux (Str. 6), gais entretiens à l'île d'Au (Str. 7). Vient alors une nouvelle invocation à la Joie (Str. 8), puis une énumération des sources principales de nos joies : le printemps (str 9-10), le vin (Str. 11-12), l'amour de la gloire (Str. 13-15). Enfin, revenant à sa pensée première, il met l'amitié au-dessus de tout (Str. 16-19). Cette ode est l'une des plus belles et des plus gracieuses du poète.

Elle est belle, ô nature féconde, la magnificence de
tes œuvres répandues sur la plaine ! Mais plus belle

encore est la vue d'un homme sur le visage **duquel** est peinte la joie qu'il éprouve, en méditant les pensées sublimes qui ont présidé à la création.

Viens ici des rivages du lac étincelant et bordé de vignes ; ou, si déjà tu es remontée au ciel, reviens au milieu des rayons dorés du soleil couchant, portée sur les ailes du zéphyr ;

Viens, et inspire à ma jeune muse (1) un chant gai comme toi, ô douce Joie, un chant pareil aux cris spontanés qu'arrache au jeune homme une vive allégresse ; un chant doux comme celui de la sensible Fanny.

Déjà loin derrière nous était le mont Uto, au pied duquel s'étend la paisible vallée qui nourrit les citoyens libres de Zurich ; déjà maint coteau couvert de vignes avait fui derrière nous.

Dans le lointain, les cîmes argentées des Alpes se dépouillèrent alors de leur manteau de nuages, et les jeunes gens, dont le cœur devenait de plus en plus tendre, s'ouvraient avec plus d'émotion à leurs belles compagnes.

La Daphné de Hirzel (2) qui, elle aussi, mérite d'être chantée, nous chanta la *Doris de Haller* (3). Kleist aime tendrement Hirzel, aussi bien que Gleim. Quant à nous autres jeunes gens, nous avons chanté des lieder de Hagedorn, et aucune de ses pensées ne nous a échappé.

(1) Il avait 26 ans.
(2) L'épouse du docteur Hirzel qui faisait partie de la réunion.
(3) Titre d'un lied de Haller.

L'île d'Au nous reçut ensuite sous les frais ombrages de la forêt qui la couronne. C'est là que tu descendis vers nous en abondance, ô Joie !

Déesse de la joie, c'est toi (nous t'avons bien reconnue), oui, toi-même, sœur de l'humanité bienfaisante et compagne de l'innocence, toi, qui vins nous égayer si complètement !

O printemps gracieux, le souffle de ton inspiration est doux, quand tu nais dans la plaine, quand ta douce haleine s'insinue dans le cœur des jeunes gens et des jeunes filles !

C'est toi qui fais triompher l'amour ; sous ton influence, tout jeune cœur devient plus beau et plus ému, toute bouche, délivrée du charme qui la retenait, parle hautement d'amour.

Le vin est agréable, quand on le prend avec modération dans une coupe que des roses tendres couronnent, quand il réveille des désirs, des sentiments plus doux et des pensées meilleures ;

Quand il pénètre au cœur pour convertir nos pensées en des résolutions que ne connaît pas l'ivresse ; quand il nous enseigne à mépriser ce qui n'est pas digne du sage.

Le son argentin et ravissant de la renommée est plein d'attraits pour un cœur généreux, et l'immortalité est une grande pensée ; elle est digne de la sueur des nobles fronts.

Vivre par la puissance des lieder chez nos arrière-neveux, être nommé souvent par son nom avec l'accent de l'enthousiasme, être souvent évoqué du tombeau ;

Adoucir leurs cœurs, et vous y répandre doucement, ô amour, ô pieuse vertu, par le ciel ! ce n'est pas peu de chose ; voilà qui est digne de la sueur des nobles fronts !

Mais ce qu'il y a de plus doux, de plus beau et de plus ravissant encore, c'est de se savoir dans les bras d'un ami ! jouir de la vie alors n'est pas indigne de l'éternité !

Plein d'une véritable tendresse, assis à l'ombre de la forêt agitée par le zéphyr, et le regard baissé sur les flots argentés, je fis en silence ce pieux souhait :

Ah ! que n'êtes-vous aussi près de nous, vous qui m'aimez au loin, solitaires au sein de ma patrie, et séparés de moi ; vous vers qui, pendant ces instants ec bonheur, s'élançaient mes désirs !

Oh ! si nous pouvions nous bâtir ici des demeures d'ami pour y habiter éternellement ! Oh ! si la forêt ombragée pouvait se changer pour nous en vallée de Tempé, et cette vallée en Champs-Elysées !

AU SAUVEUR

1751

ARGUMENT. — On peut considérer cette ode comme une préface
poétique du Messie. Le plan en est simple, mais non sans un certain art. Le poëte commence par se dire avec humilité : Tu veux
chanter le fils de Dieu! Mais un mortel en est il capable? Bientôt
la foi le fortifie. L'âme est immortelle, et un jour notre corps parti-
cipera à l'immortalité (Str. 1-3). Le spectacle de la résurrection se
développe alors dans l'âme du poète avec tant de vivacité qu'il en
vient à désirer la mort (Str. 4-10). Mais une mort prématurée l'em-
pêcherait de terminer son poëme; il revient sur son désir, et demande
au Sauveur de lui apprendre à le chanter dignement (Str. 11-16).

Le Séraphin ne peut que la balbutier, et l'univers
sans bornes la répéter en tremblant à travers l'immen-
sité de ses plaines, ta sublime louange, ô fils de Dieu !
Qui suis-je pour oser mêler ma voix à leurs cris d'allégresse ?

Poussière de poussière ! Cependant un être immortel

et d'origine sublime habite dans ce corps voué à la destruction ? Ses pensées sont si élevées qu'elles font frissonner mes nerfs ébranlés !

Et toi aussi, tu seras un jour plus que de la boue, enveloppe de mon âme, demeure formée de terre, et une ivresse et des transports inconnus te réveilleront du lieu où tu t'étais endormie.

O théâtre de la résurrection, champ où nous nous étions endormis, et où la race d'Adam deviendra ce qu'était son père, lorsqu'il sortit des mains du Créateur en poussant des cris de joie, et prit possession de la vie !

O plaine qui t'étends de l'orient jusqu'aux lieux où le soleil se couchera pour la dernière fois, plaine remplie de morts sanctifiés, quand te verrai-je ? Quand mon œil mêlera-t-il ses larmes à celles des immortels élus ?

Heures ou siècles de sommeil, coulez, coulez vite, afin que je ressuscite ! Mais ils se ralentissent, et je suis encore de ce côté-ci du tombeau ! — Heure brillante,

Compagne du repos, heure de la mort, viens ! O plaine où notre vie mûrit pour l'éternité (1), et que je n'ai jamais visitée, où es-tu ?

Laissez-moi en visiter la position, la considérer d'un regard enivré, y répandre les fleurs de la moisson, m'étendre sur ces fleurs, et mourir !

_____

(1) Imitation de la première épître aux Corinthiens (Ch. 15).

Désir auquel se rattachent de magnifiques espérances, mais qu'un bien petit nombre sont assez heureux pour voir exaucé, si tu te réalisais quand nous te
formons, qui égalerait en bonheur celui qui lutterait
contre la mort?

Je mêlerais alors plus hardiment ma voix d'homme
aux chants des Trônes ; je célébrerais alors plus saintement Celui qu'aime mon âme, le meilleur de tous les
êtres créés, le Fils du Père.

Cependant laisse-moi vivre ; fais que je ne meure
qu'après avoir atteint le but ; fais que je ne parcoure ce
chemin, en triomphant du tombeau, que quand sera
terminé le chant que je t'ai consacré.

O mon maître, toi qui enseignas la divinité avec tant
de puissance, montre-moi le chemin que tu parcourus
alors, et sur lequel les prophètes tes précurseurs chan-
tèrent leur bonheur !

Il y a là quelque chose de céleste ! Ah ! c'est d'un
lointain obscur que je te suis sur la voie que tu as par-
courue ; cependant, des hauteurs brillantes où tu t'es
élevé s'échappe une lueur, et mon œil l'aperçoit.

Mon esprit s'élève alors ; il a soif de l'immortalité,
mais non de cette courte immortalité qui se borne à la
terre ; il lutte pour des palmes qui ont poussé au ciel
pour la main des Immortels.

Montre-moi la plaine où s'agitent ces palmes près du
but lointain ! A ma pensée la plus sublime d. .ne
encore plus de sublimité ; inspire-moi des vérités qui
demeurent à jamais !

Fais que mon chant soit pour les hommes l'écho des vérités éternelles ! Fais que ma main sanctifiée aille prendre, à l'autel de Dieu, des flammes pour les répandre par torrents dans le cœur des élus !

A YOUNG

1752

ARGUMENT. — L'admiration que la lecture des Nuits d'Young avait excitée en Klopstock, lui inspira cette ode. C'est une espèce d'apothéose du poëte anglais, dont les pensées et les sentiments sont si semblables à ceux de Klopstock.

Meurs, prophétique vieillard, meurs ! Car déjà depuis longtemps la palme a poussé pour toi ; déjà une larme de joie, prête à couler pour toi, est dans l'œil des habitants des cieux.

Tu restes encore ? et cependant tu t'es déjà élevé un monument jusqu'aux nues ! Car pendant les nuits sacrées, sérieuses et solennelles, l'incrédule veille avec toi, et il sent

Que ton chant, dans sa profondeur effrayante, lui annonce le jour de sa justice ; il sent ce que veut la Sagesse, quand elle parle de cette trompette qui doit réveiller les morts.

Meurs ! tu m'as appris que le mot de mort doit retentir pour moi comme le cri de joie que pousse le
juste ; meurs , mais reste mon guide ; meurs, et deviens
mon génie tutélaire !

LA FÊTE DU PRINTEMPS

1759

ARGUMENT. — L'occasion de cette ode fut une promenade de Klopstock par une belle matinée de printemps. La terre, quoique l'un des plus petits des globes de la création, lui paraît cependant digne de notre admiration, parce qu'elle est l'ouvrage de Dieu, mais surtout parce qu'elle est l'habitation de l'homme, doué d'une âme immortelle. Cette pensée de l'immortalité l'occupe (Str 1-6) jusqu'au moment où il aperçoit un insecte doré dont il a compassion, parce qu'il n'est peut-être pas immortel (Str 7-9) ; il revient ensuite à la contemplation de la nature (Str. 10-13 . Puis tout à-coup il voit par la pensée un orage se former à l'orient; il le considère et le décrit (14-26). L'orage aussi est une manifestation de Dieu. Après l'orage la nature reprend son calme, et l'arc-en ciel, signe de paix, apparaît.

Ce n'est pas dans l'Océan des mondes que je veux me plonger ! Je ne planerai pas dans les régions où les fils aînés de la création. les chœurs joyeux des enfants de la lumière, adorent. adorent profondément et s'abîment dans le ravissement.

C'est seulement autour de la goutte d'eau sur le bord
du vase ; autour de la terre seulement que je veux planer et adorer. Alleluia ! alleluia ! Cette goutte d'eau du
vase coula aussi de la main du Tout-Puissant.

Lorsque de la main du Tout-Puissant s'écoulèrent
des mondes plus vastes ; lorsque des torrents de lumière jaillirent en frémissant, et formèrent les sept
pléïades, tu t'échappas aussi, ô goutte d'eau, de la
main du Tout-Puissant !

Quand un torrent de lumière jaillit et devint notre
soleil ; quand les flots impétueux se précipitèrent du
haut des nuages, comme du haut d'un rocher, et formèrent la ceinture d'Orion, tu t'échappas aussi, ô
goutte d'eau, de la main du Tout Puissant !

Quels sont ces milliers de mille, quelles sont toutes
ces myriades d'êtres qui habitent et ont habité cette
goutte d'eau ? Qui suis-je moi-même ? Alleluia au Créateur ! Je suis plus que ces mondes qui s'échappèrent
de ses mains, plus que les sept pléïades formées des
rayons de sa lumière !

Mais toi, petit insecte printanier, qui joues près de
moi, brillant d'or et d'émeraude, tu vis, mais, hélas !
tu n'es peut-être pas immortel !

Je suis sorti pour adorer, et je pleure ! Pardonne,
pardonne ces larmes à un être fini, ô Toi qui es !

Tu me délivreras de tous mes doutes, ô toi qui me
conduiras à travers la sombre vallée de la mort ! J'ap-
prendrai alors si le petit insecte doré avait une âme.

Si tu n'es que de la poussière façonnée, fils de mai,

redeviens donc poussière volante, ou ce que voudra l'Éternel !

Verse encore, ô mon œil, des larmes de joie! Et toi, ma harpe, loue le Seigneur !

Ma harpe est de nouveau ornée, ornée de palmes. Je chante le Seigneur. Me voici debout! Autour de moi, tout manifeste sa toute-puissance, tout est prodige !

C'est avec un profond respect que je contemple la création ; car c'est toi, Être inexprimable, toi qui l'as faite !

Vents, qui soufflez autour de moi, et qui répandez une douce fraîcheur sur mon visage brûlant, c'est le Seigneur, c'est l'Infini qui vous a envoyés, ô vents admirables !

Mais maintenant ils se taisent, ils soupirent à peine ; le soleil du matin devient étouffant ; les nuages s'élèvent comme les vagues. Il est visible, il vient l'Éternel !

Voilà les vents qui s'avancent légèrement, puis mugissent et tourbillonnent! Comme la forêt s'incline ! comme le torrent se gonfle ! Tu es visible autant que tu peux l'être aux mortels ; oui, tu es visible, Être infini !

La forêt s'incline, le torrent fuit, et je ne tombe pas la face contre terre? Seigneur! Seigneur! Dieu de miséricorde et de grâce! toi qui es si proche, prends pitié de moi !

Serais-tu courroucé, Seigneur, maintenant que la nuit est ton vêtement? Mais cette nuit est bénédiction pour la terre. Non, Père, tu n'es pas courroucé !

Elle vient pour répandre la fraîcheur sur le blé qui fortifie, sur le raisin qui réjouit le cœur. Père, tu n'es pas courroucé !

Tout est tranquille devant toi, Être présent à tout ! autour de toi tout est tranquille. Ce petit insecte couvert d'or est attentif, lui aussi. Peut-être n'est-il pas sans âme ? peut-être est-il immortel ?

Ah ! que ne puis-je, ô Seigneur, te louer comme j'en ai le désir ardent ! C'est toujours avec plus de magnificence que tu te manifestes ; elle devient de plus en plus sombre et pleine de bénédictions, la nuit qui t'environne.

Voyez-vous le révélateur de sa présence, l'éclair scintillant ? entendez-vous le tonnerre de Jéhovah ? L'entendez-vous, l'entendez-vous, le tonnerre formidable du Seigneur ?

Seigneur ! Seigneur ! Dieu clément et miséricordieux ! que ton nom souverain soit loué et adoré !

Et les vents de la tempête, ils portent le tonnerre ! Comme ils mugissent ! comme ils parcourent la forêt en bruyantes rafales ! Maintenant ils se taisent. Le noir nuage s'avance lentement.

Voyez-vous ce nouveau témoin de sa présence, l'éclair fugitif ? Entendez-vous là-haut, dans les nuages, le tonnerre du Seigneur ? Il crie : Jéhovah ! Jéhovah ! et de la forêt brisée la fumée s'élève,

Mais non de notre chaumière ! Notre père a ordonné à son destructeur de passer par-dessus notre chaumière.

Ah! déjà dans le ciel et sur la terre, on entend bruire la pluie bienfaisante. Maintenant, quelle que fût sa soif, la terre est apaisée, et le ciel a répandu l'abondante bénédiction dont il était chargé.

Voilà que Jéhovah ne vient plus porté par la tempête; c'est sur l'aile d'un doux et paisible zéphyr qu'il vient, et sous lui s'incline l'arc de la paix.

———

A L'INFINI

1764

ARGUMENT. — Les perfections de Dieu sont si grandes que ni les hommes, ni les anges ne peuvent les saisir, les comprendre, ni les chanter dignement.

Comme le cœur s'élève, quand il te médite, ô Être infini ! Comme il s'affaisse, quand il redescend pour se considérer ! C'est la misère gémissante et la nuit du tombeau qu'il aperçoit alors.

Mais tu m'appelles de mon obscurité, Toi qui es mon secours dans la misère, dans la mort ! je comprends alors parfaitement que tu m'as créé immortel, ô Dieu de magnificence ! toi que nulle louange, nul cri de joie, enflammé par la reconnaissance, ne peut assez célébrer, soit ici-bas, près des tombeaux, soit au ciel, près de ton trône.

4

Arbres de vie, soufflez sur les harpes sonores! Fleuve à l'onde cristalline, mêle ton murmure au son des harpes! Jamais ni votre murmure, ni votre frémissement, ni vos accords, ô harpes, ne le chanteront dignement, car c'est Dieu que vous louez !

Dans votre marche solennelle, ô mondes, mêlez votre éclat de tonnerre au chœur des trompettes ! Toi, Orion, toi aussi, ô Balance, et vous, soleils de la brillante voie lactée, mêlez tous vos accents au chœur des trompettes !

Jamais, ô mondes, avec votre éclat de tonnerre; jamais, ô chœur des trompettes, vous ne le célébrerez dignement, Dieu..... jamais dignement ! Dieu, Dieu, c'est Dieu que vous louez !

L'AVENIR

1764

ARGUMENT. — L'idée poétique de l'harmonie des sphères fait le fond même de cette ode. Ainsi que dans l'ode a l'Infini, Klopstock se représente le vaste système des corps célestes comme un chœur harmonieux chantant la gloire du Créateur (Str. 1-4). Les anges et les élus mêlent leurs voix à ce magnifique concert (Str. 5) Cette pensée éveille chez le poète l'espérance de participer un jour à ce concert sublime (Str. 0-8). La mort, qui doit l'y conduire, ne doit plus être à redouter pour lui.

L'oreille des habitants du ciel entend l'harmonie des étoiles dans leur mouvement ; la marche de la lune et des pléiades, rapide comme la foudre, elle la connaît ; elle aime à écouter le son rapide

De la planète, quand elle tourne en fuyant, et parcourt son orbite avec rapidité, et celui des soleils, quand, voilés par leur propre éclat(1), ils tournent sur eux-mêmes. Les vents impétueux et les mers y mêlent alors leurs mugissements.

Mer de Vesper, mers de la lune et de la terre, vous bruissez plus doucement ; mais comme celle du Vaisseau (2) s'élève, comme elle se forme en montagnes ! Ses vagues agitées se brisent en tournoyant contre les rochers du rivage !

Là-haut s'avance l'Autel avec plus de fracas encore, et la Vierge à la chevelure dorée marche une palme à la main ; le Cygne s'agite avec force, et la Rose avec bruit.

Le chant des psaumes y retentit. Les chantres sublimes près du trône, les Justes et les Parfaits expriment par des cantiques leur joie, leur louange et leur adoration. Ils remercient Dieu, car ils le peuvent.

J'ai un pressentiment, une idée obscure du ravissement qui consolera un jour d'une manière inexprimable l'homme sorti de la poussière. O sentiment, présage d'un repos profond, éternel !

Murmure échappé au chant enflammé des fils du salut, oh ! visite souvent sur la terre le voyageur fatigué, viens adoucir sa peine, sèche les larmes de son œil en pleurs !

Armée brillante des mondes ! est-il donc quelque autre part un être aussi faible que l'homme? La Mort,

(1) C'est-à-dire dont l'éclat est si vif qu'il nous offusque et nous empêche de l'apercevoir.
(2) Nom d'une constellation, comme les suivants.

notre libératrice, nous épouvante ! Elle vient doucement, légèrement dans le nuage du sommeil ;

Mais elle demeure terrible pour nous, si nous ne re-
gardons que dans la profondeur du tombeau, quoi-
qu'elle nous conduise à la perfection ; des ténèbres de
la nuit dans le pays de la science ;

Du sentier rocailleux de la souffrance dans les plaines d'un bonheur pur ; dans la société des êtres parfaits au sortir d'une vie qui tantôt s'écoule lentement
à travers des rochers, et tantôt

Plus rapidement là où, pour se flétrir, les printemps
élèvent, dans l'éclat de la rosée et les exhalaisons odo-
rantes, leur tête étincelante et couronnée ; mais
qu'elle se précipite comme en se jouant, ou s'écoule
lentement, notre vie n'est qu'un vain mot (1).

(1) Comparaison empruntée au psaume 90. V. 9.

LES TOMBEAUX PRÉMATURÉS

1764

Argument. — Klopstock aimait beaucoup à contempler le ciel étoilé et à mêler à sa contemplation la pensée de la mort. C'est ainsi que dans cette ode, le plaisir, que lui cause l'aspect d'une belle nuit d'été, se change bientôt en mélancolie, au souvenir de ses amis, morts depuis longtemps.

Sois la bienvenue, ô lune argentée ! belle et silencieuse compagne de la nuit (1) ! Tu t'enfuis ? Ne hâte point ta course ; demeure, amie de la pensée ! Voyez, elle reste immobile : le nuage seul marchait.

Le réveil de Mai seul est plus beau encore que la nuit d'été, quand la rosée, brillante comme la lumière, dégoutte de sa chevelure, et que, vêtu de pourpre, il gravit la colline.

(1) Amica silentia lunæ. Virg.

Nobles cœurs, hélas ! la triste mousse recouvre déjà vos tombeaux. Oh ! que j'étais heureux, quand je voyais encore avec vous rougir les feux du jour naissant, la nuit étinceler !

LE GRAND ALLELUIA

1766

ARGUMENT. — Le titre même de cette ode nous indique que c'est un chant de louange solennel de la part d'une grande réunion de fidèles, ou d'un peuple tout entier. On y sent à chaque strophe l'ardente reconnaissance du poëte envers Dieu.

Honneur au Très-Haut, au premier des êtres, au Père de la création ! Essayons de bégayer sa louange dans nos psaumes, quoi qu'il soit, lui, le Merveilleux, l'Inexprimable et l'Incompréhensible !

Une flamme de l'autel du trône est descendue dans notre âme. Nous jouissons avec un bonheur céleste de l'existence qui nous permet de l'admirer.

Rendons-lui gloire aussi, nous qui sommes près des tombeaux, quoique sur les derniers degrés de son trône retentisse en tombant la couronne de l'archange et son joyeux chant de louange.

Honneur, remerciement et gloire au Très-Haut, au premier des êtres qui n'a point commencé et ne finira point ! Il a accordé, même aux habitants de cette terre, de ne point finir.

Honneur au Dieu admirable qui a semé des mondes innombrables dans l'océan de l'infini, et les a peuplés d'une troupe d'immortels pour qu'ils l'aiment et soient heureux par lui !

Gloire à toi ! Gloire à toi ! Gloire à toi ! O Très-Haut ! Premier des êtres ! Père de la création ! Être inexprimable, incompréhensible !

LA NUIT D'ÉTÉ

1766

ARGUMENT. —Cette ode est dans le même genre que les Tombeaux prématurés.

Lorsque l'éclat de la lune se répand sur les forêts, et que la brise envoie sous les frais ombrages les exhalaisons de la terre mêlées aux parfums des tilleuls,

Le souvenir de la tombe de mes amis m'assiége, je ne vois qu'elle dans la demi-obscurité de la forêt, et l'haleine embaumée des fleurs n'arrive pas jusqu'à moi.

O morts ! ce bonheur, je le goûtai jadis avec vous. Comme nous étions entourés de parfums et de fraîcheur, comme tu étais embellie par la lune, ô belle nature !

———

AVERTISSEMENT

1772

ARGUMENT. — Cette ode est un avertissement solennel à ces esprits moroses qui ne trouvent rien de bien sur cette terre, et blâment la Providence en toute chose. Il les menace du jugement dernier en leur racontant l'histoire d'un des leurs.

Vous disputez contre Celui dont le sage mortel ose à peine prononcer le nom auguste ;

Contre Celui dont l'ange sublime ne prononce qu'avec admiration le nom souverain et terrible, contre Dieu, contre Dieu !

Vous vous asseyez pour juger Dieu, juger Dieu au sujet de la vie et de la mort, au sujet de la destinée des hommes !

Rebelles ! vous condamnez Dieu parce que vous êtes nés, et qu'il vous faudra mourir, Dieu, Dieu, Dieu !

Votre esprit n'est-il pas égaré ? votre âme , faible comme celle de l'enfant qui chancelle encore sur les bras de sa mère tremblante ?

Quelqu'un de vous qui avait disputé, jugé et condamné Dieu, mourut et parut devant Dieu.

La balance retentit ; son père, mort, était dans la tristesse ; sa mère, morte, se cachait le visage.

La balance retentit, retentit ! son ami mort resta muet, sa fiancée, morte avant lui, s'affaissa de douleur.

La balance, la balance, la redoutable balance retentit, et l'un des plateaux s'éleva bien haut !

LES GUERRIERS

1778

ARGUMENT. — Le guerrier n'est grand et excusable aux yeux de Klopstock, que quand il combat pour le sol sacré de la patrie ou pour l'humanité souffrante. S'il ne cherche qu'à satisfaire son ambition, les flétrissures de la honte l'immortaliseraient mieux que le chant des Muses.

Je chantais dans la solitude de la forêt, et pour moi seul, le chant de Braga (1); mais Stolberg (2) du milieu de l'ombrage m'écoutait attentivement, assis sur un rocher couvert de mousse. Voici ce que fit entendre ma Télin quand je l'eus appuyée au chêne :

« La grandeur du guerrier? Oui, quand il combat pour la liberté, ou contre un monstre qui se livre

(1) Dieu de la poésie dans la mythologie scandinave.
(2) Ami du poëte.

5

aux massacres, et qui fait retentir les chaînes autour de nous, c'est un héros, un noble guerrier : il mérite l'immortalité.

Mais s'il n'est que conquérant, la trompette de la renommée publie son nom ; des piliers de honte l'immortaliseraient mieux ! Serait-ce encore de la grandeur ?

Et s'il n'est absolument qu'un nain, qu'un pygmée de conquérant, aussitôt s'avancent d'un pas dédaigneux les Attila et les Tamerlan. »

CHANT MATINAL

POUR CÉLÉBRER LA CRÉATION.

1782

ARGUMENT. — Des hommes pieux étaient allés sur une montagne, pour jouir du spectacle admirable du soleil levant. A cette vue ils se rappellent le souvenir de la création, et l'action permanente du Créateur dans la nature. Ce soleil, qui se lève chaque matin, leur inspire de nouveaux motifs d'espérance en la résurrection future.

DEUX VOIX.

Il ne vient pas encore le soleil, l'envoyé de Dieu, il tarde encore celui qui donne la vie. La terre dans l'attente laisse partout échapper des vapeurs frémissantes.

Dieu saint ! sublime ! le Premier des êtres ! C'est toi

aussi qui as fait notre *Sirius* (1). Comme il va briller, comme il va briller l'éclatant Sirius de la terre !

Ils soufflent déjà, ils murmurent, ils répandent la fraîcheur, les zéphyrs mélodieux du matin ; déjà l'aurore s'avance et annonce la résurrection du soleil.

Seigneur! Seigneur! Dieu de miséricorde et de grâce! Nous, tes enfants, nous qui sommes plus que des soleils, nous mourrons aussi un jour, mais nous ressusciterons aussi.

TOUS.

Seigneur! Seigneur! Dieu de miséricorde et de grâce! Nous, tes enfants, nous qui sommes plus que des soleils, nous mourrons aussi un jour, mais nous ressusciterons aussi.

DEUX VOIX.

Alleluia! Voyez-vous s'avancer les rayons de l'astre divin? Comme il s'élève vers le ciel! Alleluia! De même qu'il ressuscite, les enfants de Dieu ressusciteront aussi.

O soleil de Dieu! Et que de soleils semblables à celui qui nous envoie maintenant ses rayons il fit sortir, par milliers de mille, de l'océan des mondes, comme l'écume sort des vagues !

Et tu ne ressusciterais pas, toi, qui, sur le théâtre

(1) Le soleil.

entier de la création, que la pensée ne peut comprendre, vas partout et toujours, toi qui l'embellis par ta
présence?

TOUS.

Alleluia ! voyez-vous s'avancer les rayons de l'astre
divin? Comme il s'élève vers le ciel ! Alleluia ! De
même qu'il ressuscite, les enfants de Dieu ressusciteront aussi.

L'ATHÉE

1786

ARGUMENT. -- Klopstock a une profonde horreur pour l'athéisme et ses partisans qu'il tient pour des insensés. Celui qui les défend et les regarde comme de profonds penseurs, court risque de leur ressembler un jour. Comparez cette ode avec l'Avertissement. La forme de l'ode est le dialogue ; le premier vers fait supposer que ce n'est que la continuation d'un entretien entre le poëte et un de ses amis sur cette grave question.

Et toi aussi, tu te fais cette grave et terrible question : A quel degré des esprits appartient celui qui ne regarde pas l'athée comme un insensé ?

« Cette terrible question ? » -- Oui terrible ! car si tu le regardes comme un penseur, lui, qui n'est qu'un orgueilleux, un rebelle et rien de plus, le degré sur lequel tu te trouves est bien infime.

Tu peux devenir ce qu'il est, un fou, un lâche, (les

fous le sont), qui croit à l'anéantissement de son être, et pourtant ne s'anéantit point par amour de la vie.

Mais j'ai cherché et j'ai trouvé une excuse pour le lâche qui existe, et aux yeux de qui cependant Dieu n'est pas. Juge si j'ai trouvé la bonne. Il se figure qu'il n'y a pas de Dieu, et la seule raison pour laquelle il ne s'est pas complètement anéanti,

C'est qu'il hésite, qu'il tremble, qu'il doute de sa propre existence ; les pensées de ce spectre (ses paroles simulent la profondeur), ressemblent à un songe qui rêve d'un songe.

———

PSAUME

1789

ARGUMENT. — On peut regarder ce psaume comme un commentaire poëtique du Notre Père. Chacune des strophes est terminée par une des demandes ce cette oraison. C'est ce psaume qui fut chanté aux funérailles du poëte le 22 mars 1803.

Autour des globes terrestres tournent des lunes, et les globes terrestres tournent autour des soleils ; l'armée entière des soleils tourne autour d'un immense soleil : « Notre Père qui es au ciel ! »

Dans tous ces mondes lumineux et éclairés habi ent des génies de taille et de force inégales ; mais tous *pensent Dieu* (1) et sont heureux en songeant à Dieu. « Que ton nom soit sanctifié ! »

(1) Nous avons cru devoir laisser au texte l'énergie de cette expression.

Lui, l'Être suprême, qui seul peut se penser entièrement et jouir entièrement de lui-même, a conçu le dessein profond de faire le bonheur de tous les habitants de ces mondes. « Que ton règne arrive ! »

Ils sont bien heureux que ce soit lui, et non eux-mêmes, qui ait ordonné leur bonheur présent et futur : bonheur, bonheur à eux ! et bonheur à nous aussi ! « Que ta volonté soit faite sur la terre comme au ciel ! »

Il fait grandir l'épi avec le chaume ; il fait mûrir la pomme dorée et la grappe empourprée ; il nourrit l'agneau sur la colline, le chevreuil dans la forêt. Mais son tonnerre gronde aussi par-dessus tout cela, et la grêle sévit sur le chaume, sur la branche, sur la colline et dans la forêt. « Donne-nous aujourd'hui notre pain quotidien ! »

Au dessus des régions que parcourt le tonnerre, y a-t-il aussi des pêcheurs et des mortels ? Là haut l'ami se change-t-il en ennemi ? et la mort sépare-t-elle l'âme de l'âme ? « Pardonne-nous nos offenses comme nous pardonnons à ceux qui nous ont offensés ! »

Des chemins différents conduisent au but suprême, au bonheur, quelques-uns par des détours, à travers les déserts : cependant sur ceux-là même naît la joie qui ranime les voyageurs tourmentés par la soif. « Ne nous induis pas à la tentation, mais délivre-nous du mal ! »

Je t'adore, ô toi, qui as environné le grand soleil d'autres soleils, de terres et de lunes, toi qui as créé

5.

des esprits et ordonné leur bonheur; toi qui fais croître l'épi, qui commandes à la mort, qui nous conduis à à notre but à travers des déserts, et nous rafraichis pendant le voyage. Je t'adore, car l'empire, la force et la magnificence t'appartiennent. « Ainsi soit-il ! »

ELLE

1797

ARGUMENT. — La joie n'est pas toujours le partage de ceux qui croient la posséder; elle fuit le riche et le voluptueux pour sourire gracieusement aux cœurs sensibles et loyaux.

O joie, à quoi ressembles-tu? C'est en vain que je m'efforce de choisir un terme de comparaison. Tu ressembles à tout ce qui est beau, à tout ce qui s'élève bien haut, à tout ce qui remue profondément le cœur.

Oh! ils ne te connaissent pas! Savent-ils que tu ne viens point quand on t'appelle? Que tu te moques d'eux en fuyant, quand ils croient te forcer à venir, ô toi qui es tout ce qu'il y a de plus libre!

Quoique très-libre, tu souris gracieusement aux cœurs sensibles et loyaux. Tu les rafraîchis comme le zéphyr; ta fleur ressemble à la rose mousseuse.

Tu as l'ardeur de l'alouette quand elle s'élève vers le ciel ; tes larmes sont comme celles de la fiancée sous sa couronne, comme celles de la jeune mère quand elle embrasse son fils, et le presse sur son cœur.

Mais tu pleures aussi, quand parfois tu vas consoler la tristesse. Visitez-les souvent toutes trois (1) ceux pour lesquels vous êtes d'aimables compagnes, pour lesquels vous avez du charme !

(1) **La joie, la mélancolie** et la consolation.

LA BÉNÉDICTION

1800

ARGUMENT. — Cette ode est un monument consacré par Klopstock à la mémoire de son aïeule qui l'avait élevé dans la crainte de Dieu et la science de la Bible. Il raconte la dernière visite qu'il lui a faite et la bénédiction qu'elle lui a donnée à son départ.

Depuis longtemps déjà tu reposes dans le tombeau, aimable Julie, toi qui as donné le jour à mon père, ton premier et bientôt ton unique fils.

Bien des morts reposent dans l'oubli. Mais jamais je ne t'ai oubliée, jamais je ne t'oublierai. J'étais ton favori ; c'est toi qui la première as élevé mon cœur à Dieu par l'exemple de ta conduite pieuse.

Je revins des bords de la Limmat pour voler vers le Belt (1). Je t'avais laissée naguère dans une verte vieil-

(1) C'est-à-dire de Zurich à Copenhague.

lesse ; mais hélas ! (j'en frémis encore maintenant), comment te retrouvai-je ?

Elle était pâle, les pieds étendus sur un tapis double, un bâton à la main, le regard fixe ; sa voix n'était plus une voix. Elle ne prononçait plus que des paroles entrecoupées ;

Elle ne prenait plus d'intérêt à la destinée de son petit-fils, qu'elle avait tant et si longtemps aimé. Heureux du côté de mon père et de ma mère, j'allais souvent près d'elle, et m'asseyais près de mon aïeule si proche de la tombe.

Le triste jour de la séparation arriva. On le lui avait caché, mais elle le devina. Je m'étais déjà levé tout tremblant.

Soudain elle se leva aussi, ayant à peine besoin de soutien. Elle releva la tête ; son œil était

Redevenu un œil, sa voix une voix. Elle posa la main sur mon front, et elle me bénit dans son inspiration.

Des paroles célestes lui échappèrent par torrents. Je m'affaissai presque sous le poids du bonheur et de la tristesse ; mais elle se serait affaissée avec moi, cela seul me soutint dans mon émotion.

——

LE SILENCE

1801

Argument. — Les derniers accents de la lyre de Klopstock sont consacrés à la religion. Dans l'ode présente, il remercie Dieu de s'être fait connaître à lui. Mais le langage humain ne peut rendre l'idée de Dieu. Le poëte gardera donc le silence.

Hommage sincère au Dieu impénétrable que les plus parfaits des êtres finis n'ont jamais entièrement compris ! J'ai pu, en suivant avec inspiration les enseignements de la nature, apprendre à te connaître mieux qu'aucun des autres êtres terrestres !

Y a-t-il un seul homme capable de réflexion, et pour lequel la pensée de Dieu a toujours été la plus importante des pensées, qui ne chante avec moi la gloire du Seigneur ?

Nous laissons les planètes peu connues de nous, ainsi que leurs satellites, parcourir leur carrière, pour nous livrer à la plénitude de la joie que nous cause une connaissance p'us étendue de ton essence !

Des mots ne peuvent l'exprimer, mais ils sont du moins comme l'aurore précurseur de la lumière ; ils le sont surtout, quand, avec une conviction profonde, la voix de l'homme leur donne la vie.

Dieu de sainteté, de béatitude, de miséricorde ! Je m'arrête, la main sur la bouche. Car quoique les paroles soient pour moi comme l'aurore de la connaissance de Dieu, cependant il manque quelque chose à la pensée que j'ai de lui, aux sentiments que j'éprouve. Je garde le silence.

CHANTS PATRIOTIQUES

I.

CHANTS LITTÉRAIRES

LES DEUX MUSES

1752

ARGUMENT. — Vers la fin de la première moitié du XVIIIe siècle, l'étude et l'imitation de la littérature anglaise étaient très-vives en Allemagne, et Klopstock lui-même, l'ennemi des imitateurs, professait une grande estime pour les principaux auteurs anglais. Mais ce qu'il veut, ce n'est pas une imitation servile de ces auteurs, c'est une imitation de leur indocilité au joug des anciens. Pourquoi imiter et se traîner honteusement à la suite des Anglais? La langue allemande n'est-elle pas assez sûre d'elle-même? C'est ce qu'il cherche à insinuer à ses compatriotes dans cette fiction ingénieuse, où il fait entrer en lice la muse allemande avec la muse anglaise. Il décrit dans cette ode, de la manière la plus heureuse, le mérite et les qualités de chacune des deux rivales; mais, par un détour adroit et gracieux, il laisse la victoire indécise. Cette ode a été traduite par Mme de Staël dans son livre sur l'Allemagne.

J'ai vu..... Oh ! dites-moi, ai-je vu ce qui a lieu maintenant ? Apercevais-je l'avenir ? J'ai vu la muse

de l'Allemagne entrer en lice avec la muse anglaise et
voler avec ardeur au but de la victoire.

Deux buts, si éloignés que le regard les distinguait à
peine, s'élevaient voisins à l'extrémité de la carrière.
Le chêne de la forêt ombrageait l'un ; la brise légère
du crépuscule agitait des palmiers autour de l'autre (1).

Accoutumée à la lutte, la muse d'Albion entra fière
dans l'arène. Telle était déjà sa démarche, alors qu'elle
s'avança sur le sable brûlant, pour rivaliser avec la
muse de Méonie et celle du Capitole.

Elle vit sa jeune rivale tremblante. Cependant son
tremblement était viril, une rougeur ardente et digne
de la victoire colorait ses joues enflammées, et sa chevelure d'or flottait sur ses épaules.

Déjà, retenant à peine sa respiration pressée dans
sa poitrine haletante, elle était comme suspendue vers
le terme de la carrière ; elle attendait avec impatience
le son de la trompette du héraut ; son regard ivre de
joie dévorait l'espace.

Fière de ton audace, plus fière d'elle-même, la superbe Anglaise te mesurait d'un noble regard, ô fille
de Thuiskon ! « Oui, chez les bardes, dit-elle, je gran-
« dis avec toi dans la forêt de chênes.

« Mais le bruit m'était venu que tu n'étais plus !
« Pardonne, ô muse, si tu es immortelle, pardonne-
« moi de ne l'apprendre que maintenant. Cependant

(1) Le chêne est l'emblème de la poésie nationale, et le palmier
celui de la poésie religieuse.

« c'est au but de la carrière seulement que je l'ap-
« prendrai.

  « Il est là !... Le vois-tu dans le lointain ? Vois-tu
« aussi la couronne ?... Ce courage contenu, ce fier
« silence, cet œil enflammé qui se fixe à terre, je le
« connais !

  « Cependant, réfléchis encore une fois avant que le
« héraut donne le signal, trop plein de danger pour
« toi. N'est-ce pas moi qui déjà osai me mesurer avec
« la muse des Thermopyles et avec celle des Sept-
« Collines. »

Elle dit. Le moment grave et décisif approchait avec
le héraut. « Je t'aime, dit soudain et le regard en feu
« la muse de Germanie, je t'aime et t'admire, ô fille
« d'Albion,

  « Moins ardemment toutefois que l'immortalité et
« les palmes. Si ton génie te le permet, atteins-les
« avant moi ; si tu peux saisir cette couronne, qu'il
« me soit permis de la saisir en même temps que toi,

  « Et.... Oh ! comme je tremble, dieux immortels !
« peut-être arriverai-je plus tôt à ce noble terme ! Oh !
« alors, alors, ton souffle pourra bien agiter ma che-
« velure légère et flottante. »

Tout à coup le héraut sonna de la trompette. Elles
s'élancèrent avec la rapidité de l'aigle ; sur la vaste carrière s'éleva un nuage de poussière. Je regardai : devant le chêne la poussière devint plus épaisse, et mon
œil les perdit de vue.

DEMANDES

1752

ARGUMENT. — Klopstock était encore sur les bancs de l'école de Pforta, qu'il était déjà rempli d'une sainte indignation contre les poëtes, ses contemporains, qui se traînaient servilement sur les traces des étrangers. C'est cette indignation qu'il exprime ici avec énergie. Le nom de l'ode : *Demandes* vient des interrogations répétées qu'il fait dans les strophes 2, 3 et 4.

Flétris-le, ô lyre, celui qui méconnaît le génie en lui-même, et qui, incapable du noble orgueil des enfants d'Albion, loin d'y tendre, imite sans cesse !

Le descendant de Hermann, et ton contemporain, ô Leibnitz, (car la mémoire de ce philosophe vit encore parmi nous), doit-il, chargé de chaînes, suivre ceux qu'avec plus d'audace il pourrait surpasser ?

Et cependant ses joues ne se coloreront-elles jamais de la vive rougeur de la honte ? Ne s'écriera-t-il jamais avec ardeur, en voyant le vol audacieux des Grecs, que, lui aussi, il est né poëte?

Ne pleurera-t-il pas de colère, d'ambition, s'il ne t'a pas poussé ce cri? N'ira-t-il pas çà et là, ne se lèvera-t-il pas au milieu de la nuit? Ne se vengera-t-il pas de sa pusillanimité par des œuvres immortelles?

A la vérité, la poussière des combats nous a souvent couronnés d'une manière plus digne de Hermann! Le regard du jeune homme s'est enflammé, son cœur a vivement battu et brûlé d'ardeur pour les actions généreuses.

Hochstedt en est la preuve; là où le tonnerre de la sombre bataille résonne encore, où, avec les nobles Anglais, dignes également de leurs magnanimes aïeux, les Allemands mirent en fuite les Français!

Le chef-d'œuvre qui s'échappe d'un esprit supérieur et s'élève au sublime, est immortel comme l'action du héros; comme elle, il méritera le noble laurier, et regardera avec mépris le peuple rampant des imitateurs.

AGANIPPE ET PHIALA

1764

ARGUMENT. — Aganippe et Phiala sont les symboles de la poésie grecque et de la poésie hébraïque. Phiala est un petit lac situé au pied de l'Anti-Liban, et d'où sort le Jourdain. Cette ode n'est point, comme on pourrait le croire, une comparaison entre la poésie de la Grèce et celle de la Judée : le poëte s'y plaint seulement de ce que les Allemands des temps modernes se sont trop longtemps amusés à des bagatelles classiques, sans chercher à se pénétrer de ce qui donne la vie et la beauté à la littérature grecque. Cette longue période, consacrée à l'étude des formes grammaticales des chefs-d'œuvre grecs, semble au poëte un long sommeil pour l'esprit allemand qui, du reste, ne s'est point formé par l'étude des anciens, mais dans la Bible, c'est-à-dire dans la poésie hébraïque.

De même que le Rhin, des hauteurs d'une vallée lointaine se précipite vers nous en mugissant, comme s'il entraînait avec lui forêts et rochers ; de même que dans son débordement il élève ses flots, pareil à l'Océan, quand il brise contre le rivage

Ses vagues soulevées ; que, semblable à la foudre, ce fleuve s'élance en grandissant, écume, s'enfuit, parcourt la plaine couverte de fleurs, et, dans sa chute, se change en une poussière argentée qui s'élève dans les airs ;

Ainsi retentit, ainsi se précipite, ô Thuiskon, la poésie de ton peuple ! Longtemps, ô Père, elle fut retenue dans un sommeil profond, sans être réveillée ni par l'inspiration, ni par les accents de la lyre cadencés avec art,

Tandis que le dieu de la poésie grecque, Phœbus Apollon, faisait retentir, dans les forêts de lauriers et sur les bords de l'Eurotas, les chants de la plus haute inspiration dans la mesure exigée par la nature,

Et les faisait redire à la forêt et aux rivages du fleuve. Tu les lui répétais en longs mugissements, ô torrent ! Et toi, ô forêt de lauriers, comme l'écho de l'Eurotas, tu les lui redisais avec le doux murmure du zéphyr.

Et le profond rêveur, fils de Thuiskon, n'est pas sorti de toi, ô sommeil de fer, non, pas de toi, ô sommeil de fer ! et plus sublime cependant retentit pour lui, du milieu des palmiers qui entourent Phiala,

Le chant des prophètes. Il bégayait à peine qu'il l'entendait déjà. De bonne heure, la mère elle-même, dans son enthousiasme, le répétait devant le petit enfant, devant le jeune homme étonné.

Ce chant fit frémir les roseaux de la mer Rouge et retentit sur le mont Garizim (1), fit résonner les bords

_____

(1) Montagne de la Judée, au nord de Jérusalem et à l'est de Jéricho.

du ruisseau de Kison (1), éclata sur les hauteurs du Moria (2), au point que les psaumes et l'hosanna ébranlèrent la montagne.

Sur la colline couverte de vignes, Sulamith (3) se répandit en gémissements : elle épancha sa douleur sur l'horreur que lui inspirait le temple en débris, et sur la ville au comble de la désolation.

(1) Ruisseau sur le bord duquel Débora chanta sa victoire sur un petit roi de Chanaan.

(2) Montagne sur laquelle était bâti le temple de Salomon.

(3) Voir le cantique des cantiques, Ch. 6 - v. 12.

L'EMPEREUR HENRI

.

1764

ARGUMENT. — L'esprit patriotique de Klopstock voyait avec bonheur la poésie allemande se développer chaque jour davantage, et
promettre enfin un âge d'or prochain. L'expression de la joie, que
lui cause cet espoir, fait le sujet de cette ode, qui est un des chefs-
d'œuvre lyriques de notre poète. Il commence par flétrir l'indifférence des princes allemands qui méprisent la littérature nationale
(Str. 1-3). Transporté en esprit dans la forêt poétique, où sont ras-
semblés les poëtes allemands, il est ravi d'en voir le nombre grandir sans cesse (Str. 4-6). Les chants de ces poëtes ont pénétré jusque
dans le royaume des ombres, d'où les héros de la patrie sont sortis
pour venir les écouter. Klopstock aussi leur adresse la parole et
saisit l'occasion de faire l'éloge de la poésie allemande, en même
temps qu'il apprécie le caractère de Charlemagne, de Frédéric Barberousse, et surtout de Henri VI (1171-1197), le protecteur des
lettres pendant le premier âge d'or de la poésie nationale. Ce prince
fut lui-même un poëte remarquable.

Laissez nos princes s'endormir sans gloire sur la
mollesse de leurs siéges, encensés par le cercle de

leurs courtisans ; voilà leur état maintenant : et, dans leurs tombeaux de marbre, ils seront un jour encore plus oubliés et moins glorieux.

N'interroge pas le vestibule du temple ! Sa bouche d'or te dirait des noms que personne ne connaît. Près de ces tombeaux, que n'ont point couronnés les chants du poëte, l'expert dans la science du blason peut s'arrêter avec étonnement.

Laisse-donc maintenant sommeiller nos princes. Il sommeillera, oui, il sommeillera lui-même avec eux, celui qui combattit des combats sanglants et dignes de la victoire, et se contenta d'errer autour du Pinde de la France (1).

Une foule de poëtes allemands s'élèvent jusqu'aux nues et murmurent sans être entendus de lui ! Leur inspiration monte jusqu'au ciel. Cependant, étranger à eux, il ne s'éleva point sur les hauteurs du Pinde.

Deux sources, dont l'une s'échappe du tronc d'un chêne, l'autre de dessous ton ombre, ô Palmier, se changent bientôt en un fleuve rapide. Vous voyez les sources pures et profondes, vous voyez les qualités des poëtes.

Lâche ! profane ! leur beauté est tout d'abord voilée pour ton regard troublé ! Bientôt, elle (2) ne murmure plus comme une source ; elle se répand dans la plaine et entraîne le cœur.

Quelles sont les âmes qui errent dans la nuit de la

(1) Frédéric-le-Grand.
(2) La Poésie allemande.

forêt? Avez-vous abandonné, ô héros, la vallée des morts! Êtes-vous venus entendre près de nous le chant de vengeance de vos arrière-neveux ?

Car. hélas! nous nous étions arrêtés. Maintenant, l'aigle d'aucun peuple, planant au-dessus des nuages, ne nous épouvante. Le vol du Grec seul nous inspire de la crainte, mais la religion nous élève

Au-dessus de l'Hémus, au-dessus de la source de Pégase. La trompette et la harpe retentissent mieux quand la religion les anime ; et ton cothurne, ô Sophocle, s'élève plus tragique quand elle le chausse.

Et qu'est Pindare près de toi, enfant de Bethléem, vainqueur du disciple de Dagon, et fils du berger, fils d'Isaïe, chantre de Dieu, toi qui pouvais chanter l'Infini!

Écoutez-nous, ô ombres! nous nous élevons vers le ciel avec audace. Cette audace se juge à notre regard, et se reconnaît à notre élan. La mesure dans une main sûre, nous exprimons la pensée et ses images.

N'es-tu pas, toi qui viens le premier, le conquérant au bord d'un torrent rempli de cadavres? Et n'es-tu pas l'ami des poëtes? Oui, tu es Charles! Disparais, ô ombre. toi qui nous fis chrétiens en nous mettant à mort!

Avance plus fièrement que lui, ô Barberousse; un noble chant des temps passés est ton ouvrage. Car pour Charles, il fit en vain, hélas! reparaître les chants de guerre des Bardes. Il gît maintenant

Dans les voûtes souterraines et ténébreuses de quel-

6.

que cloître, le manuscrit aux couleurs brillantes. Il se plaint à nous, écrit comme on écrivait avant Celui qui, le premier, donna une forme au son

Dans la patrie de Hermann, et sauva de l'oubli les actions héroïques des anciens germains. Le manuscrit, invention de l'orgueilleux franc, gît près des débris et sera bientôt débris lui-même.

Il appelle, il agite ses boucles d'or (ne l'entends-tu pas, ô moine?) Il frappe avec colère sur la reliure du volume. Celui qui l'entendit, je vais le nommer en faisant redire à l'écho mes joyeux remercîments.

Tu chantais toi-même, ô Henri : « L'Empire et les « pays me sont soumis; cependant je m'en passerais « plutôt que de vous, ô poëtes; je choisirais le ban- « nissement et l'exil, plutôt que de vous perdre. (1) »

Si tu vivais maintenant, ô empereur! toi le plus vaillant homme de la nation, dans cette lutte des Allemands avec les poëtes de l'Hémus et ceux du Capitole, t'endormirais-tu sans pouvoir être réveillé?

Tu chanterais toi-même, ô Henri : « Celui-là me sert, « qui se distingue avec le soc de la charrue ou la « lance : cependant je me passerais plutôt de la cou- « ronne que de toi, ô muse, et de vous qui êtes sa « gloire, de vous qui rendez la gloire plus durable que « les couronnes! »

(1) Imitation des paroles que Henri VI adresse, dans une gracieuse romance, à la dame de ses pensées.

SIONA OU LA MUSE DE SION

1764

ARGUMENT. — L'éloge de la poésie sacrée fait le sujet de cette ode. Pour mieux la représenter à notre imagination, le poëte la personnifie. Siona, c'est la muse sainte; elle est ainsi appelée de la montagne de Sion, où habitait le chantre des psaumes. Le poëte l'aperçoit près de la source de Phiala; elle chante et forme des danses célestes. Tantôt elle prend la harpe et tantôt la trompette, selon la douceur ou l'élévation de son chant. Klopstock avait une grande prédilection pour la poésie hébraïque.

Retentis pour moi, ô harpe de la forêt de Palmiers, compagne des cantiques que David chanta! le chant de Sion s'élève plus haut que celui de la source qui jaillit sous le pied frémissant du cheval (1).

O forêt de Palmiers, tu domines la vallée du sein d'un nuage plus élevé que la forêt de lauriers, et, du

(1) Hippocrène.

nuage brillant qui te couvre, tu projettes ton ombre sur la forêt, ô palmier.

Siona, avance-toi en dansant d'un air de triomphe ! Elle s'avance près de la source murmurante et argentine de Phiala, elle plane en cadence, elle sent combien tu l'élèves, ô religion de celui qui est,

Sera et a été. Le doux murmure de la sublime Siona descend ici du sommet des palmiers; près de ta cascade retentissante, ô source pure et cristalline, les montagnes lui redisent ses chants de triomphe.

Elle regarde avec plus de feu; la rose de Sarona, la vallée des fleurs, couronne sa tête. Ses vêtements tombent mollement autour d'elle comme un nuage, comme l'aurore teinte de pourpre et d'or.

Mon regard joyeux te suit avec amour, ô Sulamith, ô Siona; mon cœur est plein d'une paisible mélancolie, il est heureux quand tu chantes ton cantique, ô habitante du ciel.

Entendez-vous? Siona prélude ! Déjà la forêt sacrée frémit au son de la harpe. La source cristalline l'entend, elle écoute et s'arrête; car la forêt commence à murmurer autour d'elle.

Mais elle précipite maintenant ses ondes avec une joyeuse rapidité. Car Siona prend la trompette, l'élève et la fait bruyamment résonner dans la forêt, et appelle le tonnerre dans la vallée.

THUISKON

1764

ARGUMENT. — Thuiskon, le père de la race allemande, descend du ciel dans la forêt des bardes, pour écouter les chants des poëtes de son peuple. Ceux-ci l'accueillent par des saluts joyeux. Dans cette fiction, Klopstock nous donne à entendre qu'à l'époque où il écrit, la poésie nationale commence enfin à se réveiller, et compte déjà des poëtes remarquables.

Quand les rayons du soleil s'enfuient devant le crépuscule, quand l'étoile du soir laisse tomber sur la forêt des bardes sa lueur douce. sereine et fraîche, et
que la source de la forêt retentit mélodieusement,

C'est alors que l'image de Thuiskon, pareille à la
poussière argentée qui s'élève d'une cascade, s'échappe
du ciel et vient vers la source et vers vous, ô poëtes. Le
chêne s'agite et fait entendre en son honneur un léger

murmure. Tel est le bruit que faisait entendre le cygne de Venouse (1),

Quand il s'envola métamorphosé. Et Thuiskon entend ce frémissement, et il plane au milieu du bruissement de la forêt qui le salue, et il l'écoute. Mais alors ses descendants l'environnent et l'accueillent avec des saluts enthousiastes, et des chants qu'accompagnent les accords de la lyre.

Des mélodies pareilles à celles de la Télin du Walhalla retentissent pour lui. Elles ont l'élan de l'ode allemande et hardie, qui tantôt s'élève jusqu'aux nues, tantôt descend sur le sommet du chêne.

(1) Allusion à l'ode 20 du IIe livre d'Horace, où le poëte se prophétise à lui-même qu'à sa mort il se changera en cygne.

L'IMITATEUR

1764

ARGUMENT. — Dans cette ode, Klopstock s'élève avec énergie contre le vil troupeau des imitateurs. Il veut rendre à la littérature allemande une noble indépendance.

Si un autre chant que le chant des Grecs t'épouvante encore, ô fils de Teuton, tu n'appartiens pas à la race de Hermann, de Luther, de Leibnitz, ni de ceux que renferme la forêt de Braga.

. Poëte, tu n'es pas allemand; imitateur chargé du joug, tu te méconnais toi-même. Le chant d'aucun poëte n'est devenu pour toi la bataille de Marathon (1), tu n'as jamais eu de nuit sans sommeil.

(1) Allusion aux paroles que Plutarque met dans la bouche de Thémistocle, qui disait que les lauriers de Miltiade ne le laissaient pas dormir.

NOS PRINCES

1766

ARGUMENT. — Jusqu'à l'époque où parut cette ode, la poésie nationale n'avait reçu aucune protection de la part des princes allemands, et cependant une foule de poëtes remarquables s'étaient
élevés d'eux-mêmes, animés d'une noble admiration pour les anciens.
Klopstock est heureux et fier à la vue de cette belle moisson, que
promet le champ de la poésie, et il célèbre le mérite des poëtes en
même temps qu'il se raille de l'indifférence des princes allemands.
Il suppose que les poëtes allemands modernes se sont réunis
dans la forêt de chênes, sur l'invitation de Braga, et que là ils célèbrent une fête, et expriment par des danses et des chants leur joie
d'être arrivés, sans protection, sur la même ligne que les poëtes
anciens et modernes. On trouve la même idée dans La Muse allemande de Schiller.

Nous venons ici de la montagne des palmiers, de la
forêt de Sion, nous, voués au chant de la harpe, pour
enflammer encore un jour les chrétiens du feu
Qui s'élève à Dieu. Ici, à l'ombre de la forêt de

chênes tu retentis mieux, toi aussi, ô lyre, quand la beauté du chant procède de la beauté du cœur.

Ici, dans la forêt de palmiers, je brûle d'enthousiasme et d'ardeur; ici, où la forêt de chênes nous environne de sa religieuse terreur, la patrie vous appelle, elle m'appelle à chanter pour elle.

Oh! couronnez-vous joyeusement la tête, descendants de Thuiskon; recevez le feuillage sacré de Braga! Il vous l'apporte ici au bas de la colline : comme dans son brillant éclat il dégoutte encore de la source sacrée!

Le chant joyeux de Braga se répand avec l'accent d'une noble fierté : soyez son orgueil, ô poëtes; buvez avec lui à la source de l'inspiration et de la sagesse.

Vous hésitez encore? Chantez après lui : Puissiez-vous triompher du temps, princes de l'Allemagne!... Nul sentiment d'honneur ne les a poussés à vous aider; seuls-vous avez triomphé des obstacles

Avec une noble hardiesse. A vous seuls donc aussi l'immortalité de la gloire! Le nom des princes se dissipe comme l'écho quand le cri cesse.

Aucun son doux et argentin ne s'est échappé de la forêt de Tuiskon vers ce tombeau de marbre de Paros que personne ne visite, et qui bientôt s'affaissera sur la poussière des ossements!

Ah! quel joyeux frémissement dans la forêt! Je vois la danse fugitive; Braga conduit le triomphe. Immortalité! Voilà ce que chante le chœur, et la forêt lui fait écho sous ses ombrages.

7

Les pyramides sont tombées. Le voyageur n'en trouve plus que les débris. Le panégyrique que le château seul du prince connut, dort dans une salle dorée, comme dans un tombeau.

Pyramides, vous êtes tombées ! Et l'œuvre du flatteur dort éternellement dans le tombeau d'une bibliothèque. L'inspiration du génie et ses hardis projets nous rendent immortels,

Quand ils sont enflammés par la récompense et l'estime. Vous auriez pu les encourager, ô princes ! Bâtissez tous maintenant des monuments de marbre pour y reposer oubliés ; car la forêt est silencieuse pour vous !

NOTRE LANGUE

1767

ARGUMENT. — Le sujet de cette ode est l'éloge de la langue alle-mande Elle a deux parties bien distinctes : dans la première, le poëte nous dit, avec un orgueil légitime, que la langue allemande est une langue primitive et parfaite pour l'expression de toutes les pen-sées et de tous les sentiments. Dans la seconde, il rappelle que la langue de sa patrie s'est toujours conservée pure chez le peuple allemand. La forme de l'ode est le récit d'une vision dans laquelle la langue allemande personnifiée apparaît au poëte dans tout son éclat.

Sur la hauteur d'où le ruisseau des bardes, couvert d'un nuage argenté, précipite à travers la vallée son onde fugitive et retentissante, tu en es témoin, ô forêt. j'aperçus la Déesse. Elle descendit vers moi mortel.

Elle s'arrêta avec je ne sais quoi de sublime dans le regard, et je vis près d'elle des Esprits, ravis par ses chants, se jouer autour de son image. Le poignard de

Wurdi (1) frappa, quoique innocents, ceux qui l'accompagnaient de loin (2),

Comme dans l'ombre; et la puissante baguette de Skulda sauva ceux qui, resplendissants, voltigeaient en triomphe autour de la Déesse, et s'étaient fièrement couronné la tête d'un feuillage de chêne.

Exprimer la pensée et les sentiments avec force et d'une manière frappante, par des tours hardis, ce n'est, ô langue de Tuiskon, ô déesse, qu'un jeu pour toi, comme les conquêtes pour nos héros!

O inspiration! la déesse s'élève; un regard de feu s'échappe de son œil; son âme se peint dans l'ardeur de son visage: précipite-toi comme un torrent, car tu épargnes en vain celui qui, vide de sentiment, n'atteint point la pensée.

Comme elle plane à la chûte de la source! Elle s'élance avec un bruit fort comme le frémissement des bords de la forêt. Autour de la cime des rochers mugit la tempête; le voyageur aime à entendre le frémissement de la forêt!

Comme elle plane près de la source! Elle s'élance avec un doux bruissement pareil au souffle léger dans les profondeurs de la forêt. Autour de la cime des rochers mugit la tempête; le voyageur aime à entendre le frémissement de la forêt.

L'étranger ne l'a point profanée. La race des Teu-

(1) La Parque.
(2) C'est-à-dire les poëtes secondaires qui méritaient cependant de passer à la postérité.

tons succomba sous la victoire seulement, mais ne put être conquise. O race indépendante, la chaîne destinée aux âmes tremblantes n'osa point t'enchaîner. Les aigles s'enfuirent et tu demeuras

Ce que tu étais. Près du Rhône, près de l'Iber, les fers du conquérant firent encore entendre leur bruit aigu. Ainsi retentit pour toi, ô Bretagne, le cliquetis des armes victorieuses des Angles et des Saxons.

La race de Romulus ne triompha point ainsi aux bords impétueux du Rhin. C'était avec la langue allemande que nous lui exprimions nos décisions; c'était avec l'épée allemande que, par une juste vengeance, nous lui exprimions notre colère. La chaîne resta muette avec Varus dans le sang.

C'est avec toi, ô langue, que furent composés ces chants de guerre, alors que, dans la forêt du Weser, la chaîne des conquérants disparut. disparut en silence dans le sang des légions; la nuit de l'oubli l'enveloppe maintenant.

Ah! les Bardits inspirés, que l'armée irritée de la patrie fit retentir pour la bataille, t'ont suivie blessés à mort! Ah! Norna, ton poignard!... Feras-tu aussi disparaître celui qui gémit

Sur ceux qui ont péri (1)? Images du chant, Esprits, Génies, je vous en conjure, instruisez-moi. conduisez-moi sur le chemin difficile et hasardeux de la forêt (2), sur la voie de l'immortalité!

(1) C'est-à-dire les chants mêmes des poëtes.
(2) C'est-à-dire sur le chemin difficile de la poésie.

L'oubli t'environna aussi, Ossian ! On te releva, et voilà que tu subsistes maintenant, que tu t'égales au grec Homère, et le braves en lui demandant si, comme toi, il enflamma ses chants !

Le front chargé de pensées, Apollon l'écouta sans rien dire, et Braga, appuyé sur la harpe du Walhalla, se plaça devant Apollon qui sourit, se tut et ne s'irrita point.

LES BARDES

1767

ARGUMENT. — Dans cette ode, Klopstock déplore la perte des vieux chants nationaux que Charlemagne avait fait rassembler. Il avait une haute opinion de ces chants, et il pensait que les poëtes modernes de l'Allemagne auraient pu les étudier avec profit. Il y voyait en même temps une réponse péremptoire à ceux qui accusaient la littérature allemande d'être à peine née.

Poëtes ! Poëtes ! La nuit enveloppe la télin des bardes pour laquelle Braga, près de la source de Mimer, fit souvent taire ses cordes sonores, quand l'Invention sommeillant à l'occident éveillait chez eux

Une inspiration sublime, belle comme de jeunes guerriers au milieu de la danse militaire, tellement que, dans son enthousiasme, à la vue de ce qu'elle (1) avait

(1) L'invention personnifiée plus haut par le poëte.

produit, elle laissait échapper de son regard animé l'ivresse de son bonheur.

Un génie s'élance légèrement et se joue sur les rejetons de la forêt de chênes ; l'Allhend (1) accompagne sa marche ; sous ses pas s'élève un murmure pareil à celui du ruisseau, un bruissement semblable à celui du torrent.

Poëtes ! Poëtes ! Où disparut la télin de notre Filéa (2)? Ah ! quand je réfléchis à ce que recouvrent ces débris, de douloureux regrets attristent mes yeux en pleurs.

(1) L'harmonie complète.
(2) Le meilleur des bardes.

LA VENGEANCE

1782

ARGUMENT. — Dans son ouvrage sur la *Littérature allemande*, Frédéric-le-Grand professe le plus profond mépris pour la littérature nationale. Quoique cet écrit ait peu de mérite et qu'il porte sa propre réfutation en lui-même, il fit un certain bruit, grâce à la position exceptionnelle de l'auteur. Néanmoins les gens capables de juger en connaissance de cause, n'y trouvèrent qu'un sujet de plaisanterie; c'est de cette manière qu'en parle Klopstock dans cette ode. L'œuvre de Frédéric subsistera, mais pour sa honte et pour être en butte aux railleries des ouvrages dont il n'a pas nié l'existence.

Longtemps, nous avons espéré que tu protégerais les muses de l'Allemagne, que tu te couronnerais ainsi de gloire, et que tu voilerais par le plus beau des lauriers le sang qui souille le laurier de la guerre.

Elles envoyèrent Gleim, elles envoyèrent Ramler te le demander. Et toi? Tu répondis de manière à leur faire baisser les yeux, à colorer leurs joues du rouge de la honte.

L'Allemand fut assez modéré pour ne pas se venger ;

7.

il fut aussi, en cette occasion, plus digne de toi que tu ne le reconnais, toi qui es étranger au sein de ta patrie.

Cependant, ta patrie, tu l'as vengée sur toi-même. Le commencement de la vengeance avait été ardent, mais la fin a été un feu dévorant comme il n'y en a jamais eu.

Quelque haut que s'élève l'inspiration, elle prend en vain son élan, si le mot ne la suit point. Celui qui n'est pas initié aux secrets de la langue, en détruit l'image la plus vivante.

Tu t'es abaissé à bégayer un idiome étranger ; il t'a fallu pour cela subir les rires moqueurs : même après la correction d'Arouet, ton chant est encore demeuré tudesque.

Et la dernière vengeance ? ton écrit sur la langue allemande ? elle ne sera pas anéantie, même par la rétractation ; la rétracter ne serait que la voiler.

Une rétractation de toi ? Nous sommes plus certains, plus certains que sur toi débordera la vengeance, plus douce encore pour nos sages neveux que pour nous,

Car, ils apprécieront peut-être la grandeur du conquérant autrement que nous, et verront plus clairement le mérite du Planteur (1), qu'ils sépareront de celui de l'Arroseur (2).

(1) Frédéric I, le fondateur du royaume de Prusse.
(2) Allusion au sang qu'a répandu Frédéric-le-Grand.

LA BIBLE ALLEMANDE

1784

ARGUMENT. — La traduction de la Bible par Luther avait fixé la langue littéraire en Allemagne. Klopstock, si plein d'ardeur pour tout ce qui touche à la gloire de sa patrie, ne pouvait manquer de chanter un monument qui avait tant d'importance pour lui comme chrétien et comme poëte. Il s'adresse à Luther pour lui demander de ramener dans le droit chemin ses compatriotes égarés par l'imitation des littératures et des mœurs étrangères.

Vénérable Luther, prie pour ces pauvres hommes chez lesquels n'a point retenti le cri de l'âme, et qui ne font qu'imiter, afin qu'ils reviennent enfin à une saine connaissance d'eux-mêmes.

Ils ne connaissent ni les mœurs, ni la sagesse du langage ; et la chasteté des âmes pures est fable pour eux ; ce qui s'élève, ce qui a de la force, de la noblesse est fable pour eux.

Oh ! il sera toujours obscur pour eux le sommet auquel tu t'élevas hardiment, et où tu rendis la langue de ta patrie la langue des anges et des hommes.

Les siècles se sont enfuis, mais la langue que tu as créée, est restée, et sa majesté ne passera point ; la postérité la prononcera un jour avec la même grâce que nous ; elle paraîtra sérieuse comme nous.

Vénérable Luther, prie pour ces pauvres hommes, afin que leur oreille leur fasse entendre qu'ils ne font que bégayer, et que, la main sur la bouche, ils s'arrêtent et versent des larmes de repentir.

NOTRE LANGUE A NOUS

1796

ARGUMENT. — La langue allemande prend elle-même la parole dans cette ode pour maudire ceux qui la dénaturent par l'introduction de mots étrangers.

Nation qui me parles, tu souffriras donc toujours qu'un si grand nombre des tiens me défigurent, me donnent une forme que je n'ai pas reçue de toi, qu'ils m'enlèvent la sage hardiesse de mon élan, qu'ils m'enlèvent à moi même !

Eh bien! endors-toi donc dans ta coupable négligence! Ou je n'ai pas été digne de toi. telle que tu étais jadis, ou je ne supporterai pas plus longtemps d'être déshonorée. Je veux que cette dissonance cesse comme l'écho; je veux rester telle que j'étais.

Parce que je suis la plus flexible de toutes les langues, tout méchant écrivain se figure qu'il peut me façonner en dépit de moi, comme bon lui semble. Ces bourreaux me font une bouche affreusement démésurée; ils me disloquent les membres;

Ils osent même me métamorphoser. C'est ainsi que la Fable a changé Vénus en poisson, Apollon en corbeau, Thétis en tigresse, la sœur du dieu de Délos en chatte, le dieu d'Epidaure en serpent, et toi en berger, ô Jupiter.

Celui qui me *bretonnise*, je le hais! celui qui me *francise*, je le hais! Je hais même mes favoris, quand il leur arrive de me *latiniser* ou même de me *gréciser*. La langue grecque m'a laissé un noble exemple : elle s'est formée elle-même.

Le chant de mon cœur, la langue grecque, est un chant de sirène; néanmoins elle ne veut point tromper. Je serais seule coupable si je la suivais en esclave. Je n'obtiendrais alors ni la couronne de laurier que porta Daphné, ni celle de chêne dont Hlyn était parée.

CHANTS PATRIOTIQUES

II.

CHANTS NATIONAUX

HENRI L'OISELEUR

1749

ARGUMENT. — Klopstock, qui avait d'abord eu l'idée de choisir Henri l'Oiseleur pour sujet d'un poëme épique avant de songer au Messie, voulut au moins consacrer un faible monument au sauveur de la nationalité allemande. L'Empereur est sur le point d'attaquer les Hongrois. Quoique malade, il veut marcher à la tête de son armée. Il apparait avec ses chevaliers. A son aspect, l'infanterie rangée en bataille est transportée d'ardeur, et entonne ce chant de guerre en saluant l'Empereur. C'est le premier des chants patriotiques de notre poëte.

L'ennemi est là ! la bataille commence ! allons à la victoire ! C'est le meilleur guerrier de toute la patrie qui nous conduit.

Aujourd'hui. il ne sent pas la maladie. On l'apporte ici. Salut, Henri, salut ! héros et guerrier dans la plaine hérissée de fer.

Son regard étincelle de l'amour de la gloire. Il

8

commande à la victoire. Déjà le casque des nobles qui l'environnent est couvert du sang de l'ennemi.

Lance autour de toi de terribles éclairs, ô glaive que porte la main de l'Empereur ! Que tout trait mortel glisse au-dessus de sa tête !

Bienvenue la mort pour la patrie, si notre tête en tombant se couvre d'un sang glorieux ! Mourons avec gloire pour la patrie !

S'il s'ouvre devant nous une vaste plaine, et que nous ne voyions au loin, autour de nous, que des morts, vainquons alors avec gloire pour la patrie !

Marchons d'un pas superbe sur les cadavres ! faisons joyeusement retentir le cri de victoire qui pénètre jusqu'à la moëlle des os !

Le fiancé et la fiancée nous louent avec un joyeux enthousiasme. Le jeune homme voit flotter les étendards élevés; il presse doucement la main de sa bien-aimée

Et lui dit : « Les voilà qui viennent les dieux de la guerre ! ils ont combattu dans la chaleur de la bataille pour nous deux aussi. »

La mère inondée de larmes de joie, nous loue avec son enfant. Elle presse son fils sur son cœur et suit l'Empereur des yeux.

Une gloire éternelle nous attend, si nous mourons pour la patrie ! mort pleine d'honneur !

FRÉDÉRIC V

1750

Argument. — Cette ode a deux parties : dans la première (str. 1-9), le poète trace le caractère du vrai roi, l'idéal qu'il s'en forme; dans la seconde partie (str. 10-12), en s'adressant à sa muse, qu'il invite à chanter Frédéric V, il nous fait entendre que le roi de Danemark approche de cet idéal.

Le roi, sur lequel, au jour de sa naissance, Dieu, le roi des rois, jeta du haut de l'Olympe un regard de bénédiction, sera l'ami des hommes et le Père de la patrie !

L'immortalité, beaucoup trop chèrement achetée par le sang d'une brillante jeunesse, et par les larmes nocturnes de la mère et de la fiancée, l'appelle en vain de sa trompette argentine dans la plaine hérissée de fer.

Jamais il ne pleura près de la statue d'un conquérant, dans le désir de lui ressembler. Son cœur, rempli d'humanité, à peine commençait-il à battre, que le conquérant paraissait beaucoup trop petit à la noblesse de ses sentiments.

Des larmes versées pour une gloire plus noble, et qui n'a pas besoin de courtisans, des larmes, excitées par le désir de se faire aimer d'un peuple heureux, le réveillèrent souvent, dans sa jeunesse, aux heures du du milieu de la nuit,

Tandis que l'enfant à la mamelle, qui devait être un jour un homme heureux, dormait dans les bras de sa mère pleine d'espérance ; tandis que le vieillard s'affaissait doucement dans un léger sommeil, et se rajeunissait en pensant qu'il verrait encore le Père du peuple.

Longtemps il médita cette grande pensée : *Imiter Dieu, et être soi-même l'auteur du bonheur de plusieurs milliers d'hommes.* Son ardeur l'a fait parvenir à ce noble but, et il a résolu d'être semblable à Dieu.

De même que la sévère et terrible justice saisit la balance, et pèse les rois après leur mort, ainsi pèse-t-il lui-même chacune des actions qui doivent distinguer sa vie.

Il est chrétien et récompense d'abord toute action droite. Il jette ensuite un regard souriant sur ceux qui se consacrent aux muses, et qui travaillent dans le silence à ennoblir les âmes.

Il fait signe au mérite muet qui se tient dans l'éloignement. Animé par son exemple, l'homme de mérite apprend à connaître le chemin de l'immortalité. Car le roi s'avance seul, sans être chanté par les muses, et dans un chemin sûr, vers l'immortalité.

Muse pieuse, qui, des monts de Sion, chantes Dieu, le Messie, élance-toi maintenant sur les hauteurs où retentit une louange, une noble louange en l'honneur des rois, imitateurs de la divinité;

Commence fièrement ton chant lyrique par le nom qui retentira souvent sur les cordes de la lyre, quand un jour tu chanteras le bonheur qui récompense les bonnes actions d'un prince libéral.

C'est Frédéric de Danemarck qui jonche de fleurs les hauteurs que tu dois encore franchir. Lui, roi et chrétien te choisit comme guide pour aller bientôt contempler Dieu sur les cimes du Golgotha !

LA REINE LOUISE

1752

Argument. — La reine Louise, l'épouse bien-aimée de Frédéric V, était fille de Georges II, roi d'Angleterre. Son humanité et sa douceur l'avaient rendue chère au peuple danois. Sa mort causa un deuil général, et le poëte ne raconte que ce qu'il a vu. Il y a dans l'ode trois parties distinctes. Dans la première (Str 1-5), il raconte la douleur du peuple et celle du roi; dans la seconde (Str. 6-15), il fait l'histoire de la mort pieuse de la reine; dans la troisième, il chante son arrivée au séjour des élus, et le premier désir de sa vie nouvelle qui est de vouloir accompagner l'ange gardien du roi pour l'aider à consoler Frédéric.

Lorsqu'Elle.... Son nom n'est prononcé que dans le ciel.... Lorsque son doux regard s'éteignit dans la mort, et que du trône elle s'avança en habits de victoire vers un trône plus élevé,

Nous pleurâmes, et celui qui jusque-là ne connaissait pas les larmes, devint pâle, trembla et pleura tout haut; celui dont les impressions étaient plus profondes demeura immobile et muet et ne pleura que tard.

Telle la statue de marbre se tient le regard fixe sur un tombeau, tel, ô Frédéric, tu la suivis des yeux Son ange aperçut tes larmes, tandis qu'il la conduisait à Dieu.

O douleur puissante comme la mort ! Nous ne devrions pas pleurer, il est vrai, puisqu'elle est morte si généreusement, si noblement ; cependant nous pleurons... Ah ! quelle sainte félicité que celle d'être tant aimé !

Le roi se tenait debout et regardait, regardait la reine endormie et, près d'elle, son fils mort, lui aussi, lui aussi. O Dieu, notre juge ! un Frédéric est mort en lui !

Nous prions en pleurant.... Puisque désormais sa vie ne nous instruira plus, que sa mort nous instruise ! O heure céleste, heure admirable que celle où elle s'endormit !

La postérité te célébrera encore, heure de sa mort ! Que ce soit une solennité célébrée en habits de deuil, avec une sainte et profonde douleur, avec des larmes !

Non pas cet instant seulement, car elle mourut pendant bien de longs jours ; et chacun de ces jours fut digne de la mort instructive et glorieuse qui nous l'a ravie.

L'heure solennelle arrive, enveloppée d'un nuage qu'elle avait formé près des tombeaux. La Reine, elle seule, entend le pas de son arrivée ; elle seule

Entend à travers la nuit le bruit de ses sombres ailes, le bruit de la mort. Elle sourit alors... Sois éternel, ô mon chant, puisque tu chantes qu'elle a souri !

Et maintenant les trônes ne sont plus rien ; rien, les grands de la terre et tout ce qui n'est pas éternel. Deux larmes encore ; l'une pour le roi, l'autre pour ses enfants,

Et pour sa mère si aimante et si aimée ; et puis elle n'aime plus que Dieu. La terre disparaît, se change pour elle en poussière légère, et la voilà qui s'endort.

Elle est là étendue dans la mort, et cependant belle aux yeux du Séraphin qui la conduit vers l'Incréé. Cependant sa joue pâlit et se flétrit ; les dernières larmes se sèchent.

Elles sont belles et honorables les blessures du patriote ! Mais elle est plus sublime la beauté que donne au chrétien la mort, le dernier repos, le sommeil d'un doux œil éteint.

Peu seulement comprennent que les honneurs sont réservés à celui qui a triomphé en succombant, à l'homme immortel et consacré à Dieu qui doit ressusciter.

Prends, ô mon chant, l'élan des chants immortels, et ne célèbre plus la poussière ! A la vérité, la poussière est sainte ; cependant l'être qui l'habite est plus noble qu'elle.

Son âme magnanime se présenta devant Dieu. Son sublime guide, l'ange protecteur du pays se tenait près d'elle. Là haut, du côté où était Caroline (1), un rayon vint aussi l'envelopper.

Sa noble fille, du haut de son trône nouveau abaissa ses regards sur son tombeau placé près de celui des rois, et aperçut le convoi funèbre. Elle regarda alors le Séraphin, puis la Bienheureuse lui dit :

« O mon guide, toi qui m'as conduite, loin de la terre, au bonheur éternel, quand tu retourneras où nous naissons pour mourir et redevenir immor- tels ;

« Quand tu retourneras là-bas où tu diriges la des- tinée du pays et la destinée de mon roi, je te suivrai. Je voltigerai doucement autour de toi ; avec toi, je serai son ange gardien.

« Quand tu t'approcheras invisible des lieux soli- taires, où il gémit encore sur ma mort, je consolerai sa douleur avec toi ; je lui murmurerai aussi des pensées de consolation.

« O mon Roi, quand tu sentiras qu'une vie plus douce, qu'un repos plus paisible se répand dans ton âme, ce sera moi aussi qui verserai dans ton âme la paix des cieux.

« Oh ! puissent cette main et ces boucles brillantes, être visibles pour toi ! J'essuierai de cette main, de cette chevelure dorée, les larmes que tu verses.

« Oh ! ne pleure pas ! Il y a dans cette vie supérieure une grande, grande récompense pour la douce hu-

(1) **Mère de Louise,** morte en 1737.

8

« manité ; il y a des couronnes au but où je suis sitôt
« parvenue.

« O mon Roi, le regard élevé, tu t'empresses de mar-
« cher à ce but.... Cependant ta route est bien longue
« encore. La bienfaisance, le plus grand des mérites
« sur terre, le bonheur qu'elle procure, la réputation
« qu'elle donne, sont à toi.

« Pendant chacun des jours que tu immortaliseras
« par elle, pendant toute ta vie, je voltigerai autour de
« toi : (voir ce que tu fais est aussi une récompense at-
« tachée au but où je suis sitôt parvenue).

« Un jour pareil vaut mieux que beaucoup de lon-
« gues vies que parfois l'homme dissipe. Celui qui
« règne noblement a vécu des siècles, mourût-il plus
« jeune encore.

« J'inscris toutes tes actions, (ici son visage devint
« plus brillant, et elle s'arrêta avec un sourire céleste),
« je les inscris sur le Grand-Livre, d'après lequel les
« anges jugeront un jour, et je donne à chacune d'elles
« un nom devant Dieu !

HERMANN ET THUSNELDA

1752

ARGUMENT. — Cette ode est d'une forme tout-à-fait dramatique et la première strophe nous introduit sur le lieu même de la scène. On sent, dans les paroles de Thusnelda, l'épouse tendre et fière des succès de son époux, mais on reconnaît aussi la femme germaine qui ne craint point de compter et de panser les blessures des guerriers Hermann et Thusnelda est l'une des odes les plus entraînantes et les plus patriotiques de Klopstock.

Ah ! il vient, couvert de sueur, du sang des Romains, de la poussière de la bataille. Jamais Hermann ne fut si beau ! Jamais son œil si enflammé !

Viens ! (Je tremble de bonheur !) présente-moi l'aigle, et l'épée dégouttante de sang ! viens ! respire ! Repose-toi ici, dans mes bras, des fatigues de la terrible bataille.

Repose-toi ici, que je puisse essuyer la sueur de ton

front et le sang de tes joues. Comme brillent tes joues ! Hermann ! Hermann ! Thusnelda ne t'a jamais tant aimé !

Pas même quand, pour la première fois, à l'ombre des chênes, tu me saisis doucement de ton bras bruni. Je demeurai tout en cherchant à fuir (1), et j'aperçus déjà en toi l'immortalité

Que tu possèdes maintenant. Racontez, ô bardes, à toutes les forêts qu'Auguste, dans sa tristesse, s'abreuve maintenant de nectar avec ses dieux, que Hermann, Hermann est immortel !

« Pourquoi boucles-tu ma chevelure ? Ton père mort ne gît-il pas sans vie devant nous ? Oh ! si Auguste avait conduit son armée ! il serait étendu là, plus sanglant encore ! »

Laisse-moi relever ta chevelure tombante, ô Hermann, afin qu'elle s'élève en boucles au-dessus de ta couronne. Siegmar (2) est chez les dieux. Imite-le, et ne le pleure point !

(1) Fugit ad salices et se cupit ante videri. Virgile.
(2) Père de Hermann.

LE VIN DU RHIN

1755

ARGUMENT. — Les sept premières strophes de cette ode sont une invitation faite à un ami de boire avec lui le vin du Rhin. Suit naturellement l'énumération de ses qualités que l'auteur nous décrit en poëte, c'est à-dire sous le rapport de son influence sur le cœur et sur l'esprit. A partir de la huitième strophe, arrive l'ami avec lequel le poëte délibère sur le sujet d'entretien qu'ils vont choisir. Ils parlent d'abord d'amitié et terminent par l'amour de la gloire et de l'immortalité.

O fils de la vigne, toi qui brilles dans la coupe d'or, invite un ami, sinon personne, à se rafraîchir! Tous trois nous sommes dignes l'un de l'autre, dignes aussi de cette époque plus allemande, où, noble vieillard,

Non encore pressuré, mais déjà plein de feu, tu étais incliné vers le Rhin qui te faisait croître, en rafraîchissant avec soin, de ses flots verdâtres, le pied de la montagne exposée au soleil.

8.

Maintenant qu'un siècle va bientôt peser sur ta tête, tu mérites qu'on apprenne de toi à pénétrer les profondeurs de l'intelligence, tu es digne d'enflammer même la vertu sévère d'un Caton.

Le maître d'école connaît l'âme des bêtes et de toutes les plantes qui l'environnent. Le poëte n'en sait pas autant ; mais l'âme tendre de la rose, l'âme forte du vin

Que la rose couronne, l'âme ingénieuse du rossignol à la voix flûtée, qui chante son vin avec lui, il la connaît mieux que l'ergoteur qui dégoutte de conclusions (1).

Vin du Rhin, de tous ces êtres tu possèdes l'âme la plus noble, et tu es le digne représentant de l'esprit allemand ; tu es ardent sans enflammer, tu es fort sans produire d'ivresse, et tu ne donnes point de mousse légère;

Tu répands un parfum pareil à celui dont la plante aromatique en fleurs embaume le rivage de la mer, et que la brise du soir porte au navigateur qui s'en abreuve en respirant avec plus de force, et en ne faisant glisser que légèrement son vaisseau.

Ami, fermons la loge de verdure ; les vapeurs du vin s'exhalent déjà, et quelque Sage pourrait nous voir, s'asseoir sans gêne et nous parler vertu avec emphase.

Maintenant nous sommes plus en sûreté. Que l'esprit du bon Vieux nous enseigne une science plus res-

(1) Traits satiriques contre les demi-savants de son époque.

treinte, qu'il nous donne des idées claires ! Les soucis, il ne doit pas les chasser. Mais si tu as des peines qui te font pleurer et que tu aimes,

Laisse-les moi partager avec toi ! Je pleurerai avec toi s'il t'est mort un ami. Nomme-le moi, il sera mort aussi pour moi. C'est ainsi qu'il parlait quand vint la dernière, dernière perte de la parole, et la mort l'étendit là !

De tous les chagrins qui abattent et énervent l'homme pendant sa courte existence, tu serais le plus triste, ô mort d'un ami, si la bien-aimée aussi n'était pas mortelle !

Cependant, ô jeune homme, si d'autres désirs t'enflamment, et si la douleur de n'avoir point encore parcouru, au sein de la Forêt, le chemin des bardes, et de voir ton nom disparaître sans éclat avec les flots de la foule, est trop vive,

Parle ! l'amour de la gloire fait progresser dans la sagesse quand on l'a choisie. C'est folie de se proposer un humble but et de le juger digne de soi; folie de courir après un grelot immortel !

Il reste encore beaucoup d'espèces de mérite. Allons possèdes-en un seulement, le monde te connaîtra; mais le plus noble est la vertu. Les chefs-d'œuvre deviennent sûrement immortels, la vertu rarement;

Mais elle doit aussi pouvoir se passer des palmes de l'immortalité. Maintenant respire et bois. Nous parlerons encore beaucoup des grands hommes avant que ne souffle la brise du matin.

POUR LE ROI

1755

ARGUMENT. -- Cette ode a été composée probablement à l'occasion de l'anniversaire de la naissance de Frédéric V 31 mars), d'après ce que l'on peut conjecturer de la strophe VI où il souhaite une longue vie à ce prince chéri de la nation. L'ode a deux parties. La première (Str. 1-10) est une hymne de remercîment à Dieu qui a donné au peuple danois un si bon prince. A partir de la strophe XI,)de devient narrative. C'est un vieillard sur le point de mourir qui fait a ses enfants l'éloge de Frédéric Ce qui lui fait regretter la vie, c'est la pensée qu'il ne verra plus un si bon roi.

Psaltérion (1), chante le Seigneur ! répands des sons argentins. pousse d'ardents cris de joie. appelle. pour s'unir à ton chant de fête, des pensées qui exaltent Jéhovah, le créateur !

Tu es magnifique et doux ! c'est toi, ô Dieu, qui. dans

(1) Le psaltérion est la lyre religieuse.

la miséricorde, as donné à ce peuple heureux un maître sage, qui fait l'honneur de l'humanité.

Honneur, louanges et remerciement au grand Donateur ! Salut au Roi ! Salut à celui que Dieu nous a donné ! Bénis-le quand tu abaisses tes regards ici-bas, abaisse-les continuellement, ô Jéhovah !

Regarde ici-bas et donne-lui une vie longue, une vie douce, ô toi le Dieu des amis de l'homme ! Donne-la-lui à ce cher, à ce bon roi qui fait le bonheur de l'humanité,

Lui que nous aimons ! Il est, il est la joie de notre âme ! — Pour toi coulent des larmes de joie ! Salut à toi ! — Malheur au conquérant qui marche dans le sang des mourants,

Quand les chevaux de bataille exercent leur fureur d'une manière moins sauvage que le héros écumant ne hennit après des lauriers. Meurs ! et quelque retiré que soit le lieu où ils croissaient, l'œil de Dieu les trouvera cependant.

Des malédictions le poursuivent. Mais des cris joyeux de bénédiction éclatent pour le héros plus noble, qui méprise les sombres joies de cette réputation et s'élance vers une immortalité meilleure ;

Puis atteint bientôt à une hauteur plus élevée et dit à la gloire : Tu ne connais que l'action extérieure ! Celui qui agit noblement, ne désire pas même pour récompense le sourire du sage.

C'est là le propre d'un cœur pur ; c'est le degré suprême, c'est ce qu'il y a de plus difficile dans ce que les sages ont pensé, dans ce que les plus sages ont fait ; l'approbation même d'un ange ne récompenserait pas dignement

Un roi qui a consacré son cœur à Dieu. A peine éclairé des rayons du jour, l'enfant bégaie son nom, et les génies protecteurs des soleils embrasés et des soleils éteints l'appellent devant Dieu.

Je vis mourir un chrétien, un sage ; (un chrétien dans ce temps de nouveaux païens) il se tourna avec amour vers les siens et leur dit en souriant :

« Dans une action de grâce qui durera éternelle-
« ment, je remercie mon créateur qui m'a d'abord
« donné le jour, et qui me rappelle maintenant du seuil
« de la vie à la vie éternelle.

« Je l'adore ensuite parce que mon œil a vu l'ami
« des hommes que Dieu nous a donné. Dieu, Dieu
« bénis-le, oui bénis-le! (ne te détourne pas, hélas, et
« ne pleure pas, ô mon fils!)

« Dieu, Dieu le bénisse ! une chose pourtant me rend
« la mort amère, c'est que désormais mon œil éteint ne
« verra plus mon roi, le meilleur, le plus chéri des Rois!

« Pour toi, ô mon heureux fils, tu le verras long-
« temps, tu le verras longtemps encore, quand la vieil-
« lesse l'aura couvert d'une chevelure argentée, et
« l'aura comblé du bonheur de la vie,

« Ah ! du bonheur d'avoir vécu pour Dieu et de voir
« autour de lui des bonnes œuvres en grand nombre !
« Elles te suivront, jeune homme, au tribunal redou-
« table.

« J'ai beaucoup vécu, je sais ce qui est grand et beau
« dans la vie. Mais ce que l'œil d'un mortel peut voir
« de plus élevé, c'est un roi qui fait des heureux.

« Sois digne d'être connu de lui, sache posséder un
« mérite modeste; il te connaîtra. Maintenant.... Dieu
« le bénisse, oui le bénisse, bénisse le meilleur des
« rois ! » Il mourut.

LE NOUVEAU SIÈCLE

1760

ARGUMENT. — On a pu voir dans quelques-unes des odes précé-
dentes l'idée que Klopstock se faisait d'un bon roi ; il développe
dans le nouveau siècle celle qu'il se faisait alors de la liberté. Elle
consiste pour lui à se faire l'esclave de la loi appliquée et adoucie
par la main paternelle des gouvernants. Le règne de la liberté serait
celui de l'Évangile, qui commande au peuple de rendre à César ce
qui est à César, aux gouvernants de respecter leurs sujets qui sont,
comme eux, enfants de Dieu. Aussi chante-t il avec effusion toute
action qui affermit sur la terre cette égalité devant la loi, cette cha-
rité qui fait le fond du Nouveau-Testament. Tel a été le résultat de
la révolution accomplie en Danemarck, cent ans auparavant, et
dont notre poëte chante l'anniversaire dans cette ode, où il mêle
habilement l'éloge de Frédéric qui a su conserver à ses peuples les
bienfaits de la paix, tandis que l'Europe est troublée par les fureurs
de la guerre de *sept ans.*

Soufflez doucement sur leurs tombes, ô vents ! un
bras ignorant a déterré la poussière des patriotes : ne
la dissipez pas !

Méprise-le, ô lyre, celui qui ne les honore pas, quand même il descendrait d'une race antique de héros, méprise-le! Ils nous ravirent à l'ambition aux cent têtes et nous donnèrent un roi.

O liberté! son argentin pour l'oreille, lumière pour l'entendement, élan sublime pour la pensée, sentiment magnanime pour le cœur!

O liberté! liberté! le démocrate ne sait pas seul ce que tu es; le fils heureux d'un bon roi le sait aussi.

Elle ne s'élève pas seulement pour une patrie où règnent et la loi et les Cent (1), mais aussi pour une patrie où la loi et un seul règnent.

Celui qui par son noble cœur mérite une mort semblable à celle des héroïques combattants des Thermopyles, ou un autre autel de gloire, peut orner sa chevelure et mourir.

Immortalité! la Muse ceint d'une couronne de fleurs ta tête sacrée et sanglante, et verse sur toi des larmes de mère.

Il est doux et glorieux de mourir pour la patrie, de mourir pour Frédéric et pour son peuple, heureux enfants de ce noble père!

Je vois, je vois... L'esprit des patriotes enflamme la troupe des guerriers! Tu verses, verses ton sang pour la patrie!

Leurs noms jusqu'alors aussi inconnus que tant d'autres, s'élèvent comme l'aigle. La mère, la fiancée

(1) Le sénat.

9

sèchent rapidement leurs larmes ; car les larmes rabaissent le mérite des morts.

Mais avec la sagesse qui, unie à un amour de père, est plus grande, plus noble que le courage pour combattre, Frédéric retient son épée ; l'Europe tonne, il se tait.

Merci, notre père, de pouvoir célébrer ton jour de fête et le nôtre, à l'ombre des ailes d'une paix pleine de bénédiction.

Non point avec la joie d'une magnificence bruyante qui ne sait que faire de l'éclat et résonner ; non, mais avec un repos tranquille, avec une joie profonde dans le cœur et des larmes arrachées par elle !

Siècle endormi, relève encore une fois ta tête penchée, et donne au siècle nouveau la bénédiction qui t'avait été donnée.

Il se relève de son tombeau et dit en bénissant : Puissent Frédéric et Christian rendre heureux le nouveau siècle !

Nous et nos enfants nous te supplions aussi, ô Providence, toi, toi qui maintenant rappelles vivement aux peuples que tu domines.

N'entendez-vous pas résonner la balance tonnante de la dominatrice (1)? Ses cris terribles font retentir les mots de sang et de misère. Un petit nombre seulement chantent la paix.

La balance tonnante continue de retentir et de peser.

(1) De la guerre.

Un grain de sable de plus maintenant dans l'un, puis dans l'autre plateau, c'est la guerre pleine de sang et de misère !

Les plus orgueilleux des guerriers diront encore : Ni la mort que tu lances en mugissant, ni les tempêtes ne nous effraient, ô bataille ; mais la baisse ou la hausse du plateau de la balance divine et son chant de mort nous effraient !

O Providence ! termine donc enfin les victoires sanglantes et multipliées ; envoie-nous un héros qui fasse régner la paix.

Alors notre père et nous, nous nous réjouirons sans tristesse ; lui, parce qu'il nous aime, nous, parce que nous l'aimons.

Combien nous sommes heureux ! Soufflez doucement sur les ossements des patriotes, ô vents ! Ils ont aussi part à l'amour sans bornes de Frédéric.

O toi, qui nous souris avec cette joyeuse espérance, solennelle première année, tu précèdes le jour avec tes ailes brillantes, comme l'aurore d'un jour d'été !

BRAGA

PAR WANDOR, BARDE DE WITIKIND.

1766

ARGUMENT. — L'éloge du patin et l'histoire de son invention forment le sujet de cette ode. Ce n'est pas Klopstock qui parle, c'est Wandor, barde de Witikind, qui a vu apparaître Braga, et qui vient chercher l'un de ses compagnons. Il lui raconte comment il a entendu Braga chanter des bardits ; il lui rapporte d'abord quelques fragments qu'il a pu saisir. Enfin Braga s'approche de lui, et lui fait l'histoire de l'invention du patin.

WANDOR A SON AMI.

Vas-tu rester encore près de cette forêt qui brûle à ton foyer, et t'endormir en pensant tout haut ? Ni les frimas argentés de décembre, ni les étoiles du lac de cristal ne peuvent t'éveiller, ô jeune homme ?

C'est en riant que je te regarde, près de ton feu,

vêtu d'une peau de loup encore ensanglantée du trait qui, au moment décisif, frappa soudain ce ravisseur dans le flanc et l'abattit sur la poussière.

Allons donc ! éveille-toi ! Décembre n'a jamais dardé sur la plaine des rayons aussi beaux, aussi doux qu'aujourd'hui, et jamais la fleur de la gelée nocturne ne s'est aussi bien conservée pendant le jour.

Envie mon sort ! Déjà tout joyeux de la santé que je sentais pénétrer en moi, j'ai, le long du rivage, rendu sa blancheur au cristal couvert de neige, et l'ai parcouru avec rapidité comme aux accents d'un bardit.

Sous mon pied légèrement porté par l'acier tranchant, retentissait le bruit rapide de ma course. Sur la mousse du lac verdoyant, mon image fuyait avec moi quand je fuyais.

Mais, voilà que la lune élevée s'avança dans un ciel sans nuage ; avec elle vint l'inspiration. Oh ! j'étais comme enivré par la source de Mimer ! J'aperçus au loin dans l'ombre, près de la forêt des poëtes,

Braga : le carquois ne retentissait pas sur son épaule, mais sous son pied l'acier avait un son argentin. Sortant alors de l'obscurité, il s'avança tout rayonnant et parcourut légèrement la plaine de cristal.

Chante, chante-le, ô lied des bardes ! Il avait la tête couronnée de feuillage de chêne ; sa couronne, cueillie dans l'épaisse forêt de Glasor (1), était recouverte de

_____

(1) Forêt du Walhalla.

brillants frimas ; sa chevelure d'or, comme sa couronne, était couverte de frimas.

Il anima les cordes de sa lyre et le rocher répondit, car la Télin avait retenti. Son lied célébrait les vaillants et les sages ; il chanta aussi les honneurs du Walhalla dans des strophes joyeuses.

· « Ah ! comme elle était sanglante! comme elle appelait l'aigle du sein des nues, ma lance ! » En chantant ainsi, il s'avança selon la cadence du bardit, tantôt avec la rapidité de l'ouragan, tantôt plus lentement avec un élan contenu.

« Battez des ailes, ô aigles, et venez au festin ! Buvez « du sang chaud ! » Il glissait sur la plaine brillante selon la cadence du bardit. Jamais Apollon, dieu de Patare, ne s'est élancé si beau !

Il se mit ensuite à chanter, avec plus de rapidité dans le mouvement, ce léger bardit : « Enseigne à la « forêt ce que je vais chanter ! Ce n'est pas le Thrace « Orphée, comme le Grec se l'imagine, qui a inventé « au bord de l'Hébrus et sur les vagues cristalli-« sées,

« Ces ailes d'acier agiles comme la tempête. Ce « n'est point avec elles qu'il a poursuivi Eurydice, sur « le fleuve. C'est le chantre du Walhalla pressé par « les héros,

« C'est moi, l'inspirateur des bardes et des skaldes, « c'est moi, fais-le retentir hautement, ô Télin ! Apprends-le aussi, toi qui habites les bords de l'Hébrus!.... c'est moi qui les ai inventées pour fuir vic-

« torieux devant la lance et la tempête. Et c'est au fils
« superbe

« De Siphia, que j'en ai enseigné l'usage ; (comme
« brillent son pied et ses traits !) J'en ai enseigné l'usage
« à Tialf, que jamais personne n'a vaincu à la course,
« excepté le fantôme animé de l'Enchanteur (1) : (Tialf
« rougit alors de colère).

« Je l'ai enseigné au plus vaillant des nobles rois du
« Nord (2). Cependant Elisiff de Russie lui échappa.
« Nossa, la folle, l'aurait-elle fui, lui l'orgueil des im-
« mortels ? » Il s'éloigna légèrement ; sa couronne

Frémit, comme si le zéphyr l'eût caressée ; sa chevelure était flottante ; le bruit de ses talons s'éloigna le
long de la colline ; puis enfin, Braga disparut dans un
nuage de vapeur sur le penchant de la montagne.

(1) Skrymmer le géant. Le dieu Thor, parcouran] le monde pour
montrer sa force, s'était fait accompagner de Tialf. Le géant Skrymmer seul les vainquit à la course, et dans toutes sortes d'exercices,
grâce à ses enchantements. Tialf dut lutter avec le fils de Skrymmer
dans l'exercice du patin. Et Skrymmer, au moyen d'une incantation,
mit un fantôme à la place de son fils, et Tialf fut vaincu.

(2) Le roi Harald.

L'ART DE TIALF

PAR LES BARDES DE WITIKIND, BLIID, HAINING ET WANDOR.

1767

ARGUMENT. — Cette ode est la description d'une partie sur la glace dans les derniers jours de l'existence des bardes, vers le temps de Witikind. Le barde Haining, après nous avoir rapporté un entretien qu'il a eu avec Bliid (str. 1-13), continue seul la narration (str. 14-26). Nos deux bardes se livraient sur un fleuve magnifique à l'exercice du patin, quand ils entendirent tout-à-coup une foule bruyante se diriger vers eux. C'était le barde Wandor qui était allé chercher sa fiancée pour la conduire à la danse. Ils ont pris avec leur suite la voie du fleuve. Bliid et Haining les accueillent avec transport. La fiancée est placée sur un traineau que le jeune homme fait avancer devant lui en le poussant légèrement. Wandor accepte l'invitation que lui font les deux autres bardes de célébrer avec eux les fiançailles sur la glace, mais à condition qu'on ne quittera pas le fleuve avant le coucher de la lune. Haining reprend alors seul le récit du voyage qui se fait au milieu de chants qui tous ont rapport à l'art de Tialf. On arrive enfin à la maison où doit se célébrer la fête. Pendant la route, Haining rappelle un chant qui parle de la chute et de la mort d'un jeune patineur ; mais le cristal ne craque pas sous les pieds de la bande joyeuse, comme le prétend Mme de Staël.

BLIID.

Comme la glace retentit ! — Ne la fais pas résonner devant moi ! Je ne le souffrirai pas ! Comme les bulles d'air brillent sur le torrent enchaîné ! Pourquoi te précipites-tu de ce côté ? Avec ton élan rapide tu vas effrayer Nossa (1).

HAINING.

Elle est déjà derrière moi. L'élan du lied des bardes a la rapidité de la flèche quand elle s'échappe de l'arc des jeunes gens. Comme siffle sa plume ! Atteins-la avant moi ! Nossa est déjà derrière moi !

BLIID.

Toi qui atteins la flèche, ne l'irrite point ! Quand on la méprise, elle ne revient pas. Je le vois, arrête-toi, je le vois, elle est irritée. Le petit nuage du caprice tonne déjà sur son front.

HAINING.

Les vois-tu tourner autour du rocher dans la vapeur

(1) Bliid interrompt ses réflexions pour arrêter Haining qui se presse trop.

9.

transparente de la plus belle des matinées de décembre ? Comme ils s'avancent légèrement de ce côté-ci ! Illyda (1) adoucira la déesse irritée contre moi.

BLIID.

Qui est-ce ? Qui vient ? — Comme elles embellissent (2) la plus belle des matinées de décembre ! Ah ! parle, toi qui as offensé la déesse ! Quels sont ceux qui se glissent légèrement vers nous, enveloppés dans la blanche vapeur ?

Tel de la gorge des montagnes retentit le chant printanier du chasseur, tel sous leur danse résonne le cristal. Il y a beaucoup de patineurs autour du siége léger qui glisse sur l'acier comme de lui-même.

Quant à elle, enveloppée d'hermine, elle repose sur le traîneau, et écoute le jeune homme qui, derrière elle, donne des ailes au patin de sa bien-aimée en repos !

HAINING.

C'est pour l'amour de la jeune fille que j'ai outragé Nossa ; aussi elle va me réconcilier avec la déesse. Le jeune homme aime la jeune fille, la jeune fille aime le jeune homme : ils célèbrent aujourd'hui le jour du premier baiser.

O toi, qui es enveloppée d'hermine, et toi dont la

(1) Nom de la fiancée.
(2) Les bulles d'air formées en étoiles ; il revient à ses réflexions.

chevelure flottante est ornée de frimas argentés, nous dansons aussi la danse du lied des bardes, et nous célébrons avec vous votre jour de fête.

WANDOR.

Soyez les bienvenus ! Vous la dansiez déjà en descendant le long des roseaux murmurants ! Une condition seulement : nous ne quitterons pas le fleuve avant que la lune ne soit descendue du ciel.

Il est long le chemin qui conduit à la salle où la danse doit commencer au coucher de la lune. Il faut vous fortifier. Celle qui nous écoute ici aime l'acier rapide.

Toi, qui glisses là-bas avec une coupe brillante, apporte de celui que le vigneron du Rhin a pressuré, de celui-là ! Par ici, la coupe pleine jusqu'au bord ! viens vite ! Cependant que nulle goutte ne tombe sur le fleuve.

En rond donc ! Et puis, que le cor fasse entendre le vieux chant des fiançailles, pour la plus rapide des danses de Braga, sur le cristal étoilé.

HAINING.

Voilà ce qu'il chantait, et la blanche Hlyda glissait sur le cours du fleuve ; les cors sonnaient derrière elle ; près des deux rivages, ses compagnes se pressaient autour d'elle, et se balançaient légèrement sur l'acier tranchant.

« Quelle est jolie la glace brillante ! Retentis là-haut dans la forêt autour du rocher, et non ici sur le fleuve, ô hache dévastatrice. » Voilà ce que nous chantions en appuyant à droite vers les rayons vivifiants du soleil.

« O plaine de cristal ! Que la main du forgeron se dessèche, se dessèche près de la forge, plutôt que de tendre au patineur une pique, que d'assurer le soulier du voyageur par des crampons et des pointes de fer ! » Voilà ce que nous chantions en appuyant à gauche vers l'air rafraîchissant.

Nous chantâmes encore beaucoup de lieder sur l'art de patiner, sur le vent de l'ouest, ce trouble fête, ah ! quand la fleur, produite par le froid nocturne, se fane ; nous chantâmes les piéges cachés de la source chaude,

Où le beau jeune homme s'est enfoncé. (Il revint au-dessus de l'eau, son sang teignit le fleuve, puis il s'enfonça de nouveau et mourut)! Nous chantâmes le berger bruni, qui, porté sur les ailes rapides de l'acier, va vite rejoindre sa fiancée qui l'attend.

Il traverse la porte aux cent couleurs, posée sur le sommet des glaciers comme un arc-de-triomphe à l'hiver vainqueur (1), pour aller retrouver ses agneaux paissant le trèfle au bas de la vallée.

Nous chantâmes les flocons de neige qui ensevelissent les chemins ; ah ! ils chassent le patineur de des-

(1) C'est à-dire l'arc-en-ciel formé par les rayons du soleil réfléchis par les glaciers.

sus le cristal étoilé, comme la pluie d'orage chasse celui qui traverse le jeune gazon émaillé de fleurs.

Nous chantâmes le ski du normand : il est revêtu de peau de phoque ; le normand se tient courbé dessus, et descend la montagne avec la rapidité de la foudre, et remonte ensuite péniblement sur les monceaux de neige.

— Le gibier sanglant pend à son épaule ; mais l'élan, la joie, la danse des élèves de Tialf, il ne les connaît pas ! Souvent un ouragan les frise lorsqu'ils descendent comme un tourbillon près des rochers du rivage qui fuit derrière eux.

Rapides comme la pensée, ils s'avancent en longs circuits : tel le serpent monstrueux s'agite au sein de la mer (1). Nous chantâmes encore le premier pas qu'Ida (2) fit en tremblant sur l'étang. Son pied était petit et son patin brillant.

Elle avait brodé, sur la courroie, du feuillage couvert de frimas argentés, et des poissons saupoudrés de rouge. Nous chantâmes aussi des lieder tantôt pour l'écho des forêts, tantôt pour celui du vieux château en ruines.

Nous continuâmes de descendre le fleuve en cadence, tantôt comme sur les ailes du vent du nord, tantôt comme poussés par un doux zéphyr. Puis, hélas ! beaucoup trop tôt, la lune descendit du ciel.

(1) C'est-à-dire le fameux serpent de la mythologie du nord. Il est si grand qu'il enveloppe la terre.

(2) Une jeune fille.

Nous allâmes à la danse variée dans la salle brillante près du foyer ronflant, sur lequel un jeune sapin était étendu. Nous ne goûtâmes que d'une dent dédaigneuse à la danse de la salle, et nous dormîmes le jour au lieu de la nuit, d'un sommeil bienfaisant.

———

NOUS ET EUX

1766

ARGUMENT. — Le but de Klopstock dans cette ode est de flétrir l'admiration exagérée et exclusive de ses compatriotes pour la littérature anglaise dont il relève le défaut principal, celui d'être froide et d'employer l'art et les figures là où on ne devait rencontrer que les expressions les plus simples de la douleur et de la tristesse : c'est ce qu'il appelle pleurer en images (in bildern weinen).

Que t'a fait ta patrie, insensé ! Je raille en disant *ta patrie;* ton cœur ne rougit-il pas au retentissement de son nom ?

Ils sont très-riches, et sont très-fiers. Nous ne sommes pas riches, et nous ne sommes pas fiers. Cela nous élève au-dessus d'eux.

Nous sommes justes; ils ne le sont pas : ils sont élevés; leurs rêves le sont encore plus : nous honorons le mérite étranger.

Ils ont un génie sublime ; nous avons un génie comme eux : cela nous rend semblables à eux.

Ils pénètrent dans les sciences jusqu'aux secrets les plus intimes ; nous le faisons et l'avons fait depuis longtemps.

Ont-ils un artiste qui puisse, comme Hændel, mêler la hardiesse au charme de l'harmonie ? Cela nous élève au-dessus d'eux.

Quel est chez eux celui dont la main pourrait, dans un tableau, tromper l'âme ravie ? Nous leur avons même donné Kneller.

Quand le chant de leurs bardes atteignit-il le cœur tout entier ? Les larmes n'y sont que dans les images du style. Grèce, prononce ton jugement !

Ils combattent dans de ténébreuses batailles, où un vaisseau tonnant se trouve près d'un vaisseau tonnant. Nous y combattrions comme eux.

S'ils venaient combattre contre nous dans cette bataille que nous seuls comprenons, ils s'enfuiraient devant nous.

Oh ! puissions-nous les voir dans cette bataille que nous seuls comprenons, les voir pressés contre l'acier quand il s'enfonce !

Nos princes sont des Hermanns ; les Chéruskes forment nos armées, les froids et audacieux Chéruskes !

Que t'a fait ta patrie, insensé ? Je raille en disant *ta patrie* ; ton cœur ne rougit-il pas au retentissement de son nom ?

HERMANN

PAR LES BARDES WERDOMAR, KERDING ET DARMOND.

1767

ARGUMENT. — Parmi les odes composées par Klopstock pour ranimer le patriotisme chez les Allemands, le chant des bardes après la mort d'Hermann est sans contredit l'une des plus importantes. Le poëte rappelle les principales circonstances de la vie et de la mort du libérateur de l'Allemagne, en même temps qu'il esquisse le caractère de chacun des trois bardes qui célèbrent son héros favori. Au calme, au sage Werdomar, le principal rôle ; à l'ardent Darmond, les larmes de rage ; au tendre Kerding, le soin de cacher à Thusnelda la funeste nouvelle ; mais à tous trois, le plus vif amour de la liberté et l'estime la plus profonde pour Hermann. Cette ode est citée par Mme de Staël.

WERDOMAR.

Sur le rocher de la mousse antique, asseyons-nous,
ô bardes, et chantons-le ! Que nul ne porte ses pas plus

loin, et n'abaisse ses regards sur les buissons qui le couvrent, lui, le plus noble fils de la patrie.

Car il est là, étendu dans son sang, lui, le secret effroi de Rome, alors même qu'au milieu des danses guerrières et des chants de triomphe, ils emmenaient sa Thusnelda.

Ne regardez point de ce côté! vous pleureriez en le voyant étendu dans son sang. Et la lyre ne doit point faire entendre des sons plaintifs, mais célébrer l'immortel.

KERDING.

J'ai encore la brillante chevelure de l'adolescence, je n'ai ceint le glaive que d'aujourd'hui ; mes mains sont, pour la première fois, armées de la lance et de la Télin, et c'est moi qui dois chanter Hermann?

N'exigez pas trop d'un jeune homme, ô pères ! Il faut que j'essuie avec les boucles dorées de ma chevelure mes joues brûlantes, avant de chanter le plus grand des fils de Mana (1).

DARMOND.

Pour moi, je verse des larmes de rage, et je ne veux pas les sécher. Coulez, coulez le long de ma joue ardente, ô larmes de rage !

(1) Mana, l'un des héros, ancêtres des Germains.

Elles ne sont pas muettes. Tu comprends ce qu'elles disent ! c'est la malédiction ! Que Héla (1) les entende ! qu'aucun des traîtres à la patrie qui l'ont mis à mort ne meure dans le combat !

WERDOMAR.

Voyez-vous le torrent de la forêt se précipiter vers vous à travers l'ouverture des rochers ? Il entraîne avec ses flots des pins pour le bûcher de Hermann !

Bientôt il sera poussière, et reposera dans la tombe d'argile, et sur sa poussière sainte sera placé le glaive par lequel il a juré la perte du conquérant.

Arrête-toi, ô esprit du mort, sur la route qui te conduit vers Siegmar (2), et apprends combien il est brûlant pour toi le cœur de ton peuple.

KERDING.

Taisez, taisez à Thusnelda que Hermann est étendu ici dans le sang ! Ne dites pas à la noble femme, à la mère infortunée, que le père de son Thuméliko est étendu ici dans le sang.

Ne lui dites pas, à elle qui a déjà marché, chargée de chaînes, devant le char terrible du superbe triomphe ! Tu as un cœur de Romain, toi qui pourrais le lui dire.

(1) Héla, déesse régnant sur les âmes des lâches et de ceux qui ne sont pas morts dans les combats.

(2) Père de Hermann.

DARMOND.

Et quel père t'a donné le jour, ô malheureuse? Ségeste (1) lui-même rougit son glaive dans une sombre
et tardive vengeance. Ne le maudissez pas, Héla l'a déjà
maudit.

WERDOMAR.

Ne prononcez point le nom de Ségeste dans nos
chants! Vouez-le à l'oubli par le silence, afin que sur
ses cendres l'oubli étende ses ailes pesantes.

Les cordes de la lyre qui font retentir le nom de
Hermann seraient profanées, même quand leurs fré-
missements condamneraient le traître avec l'accent de
la colère.

Hermann! Hermann! Le chœur entier des bardes
fait redire à l'écho, à l'horreur mystérieuse de la forêt,
le nom du favori des nobles cœurs, du chef des plus
braves, du libérateur de la patrie.

Sœur de Cannes, bataille de Winfeld (2)! Je l'ai vue,
la chevelure sanglante et flottante, le regard enflammé
par l'ardeur du carnage, voltiger parmi les harpes du
Walhalla.

Le fils de Drusus voulait cacher le monument de la

---

(1) Ségeste, auteur de la conspiration qui fit périr Hermann.
(2) Nom donné par les Germains à la bataille où fut défait Varus.

victoire, les ossements blanchis des vaincus dans la vallée de la mort.

Nous ne l'avons pas souffert; nous avons dispersé la poussière qui leur servait de tombeau. Car ce monument aussi sera un témoin de ce grand jour, et à la fête du printemps, il entendra les cris de triomphe des vainqueurs.

Hermann voulait donner d'autres sœurs à Cannes, et des compagnons à Varus dans l'Elysée. Sans le décret des princes jaloux qui le rappela, il aurait envoyé Cécina pour compagnon à Varus.

Depuis longtemps une pensée plus grande encore était dans l'âme ardente de Hermann. A minuit, pendant un sacrifice à Thor (1), au milieu des chants guerriers, il y réfléchit et brûle de l'exécuter.

Il y songe encore pendant le festin, tandis que les jeunes gens dansent au milieu des lances, et qu'il leur distribue les anneaux du sang (2) pour la danse périlleuse, que nos jeunes garçons dansent en se jouant.

Le pilote, vainqueur de l'orage, raconte que dans une île lointaine de la mer du nord, il y a une montagne d'où s'élèvent des nuages de fumée, signes précurseurs de la flamme, et d'où jaillissent ensuite des flammes élevées et des éclats de rochers lancés à plusieurs milles.

---

(1) Le dieu de la guerre.

(2) Les braves d'entre les Germains avaient coutume de porter au doigt un anneau de fer, signe d'esclavage, jusqu'à ce qu'ils aient tué un ennemi.

C'est ainsi que Hermann annonça par sa bataille qu'il était résolu à descendre dans les plaines de Rome, par de là les remparts de glace qui les protégent,

Pour y mourir, ou pour monter au Capitole, tout près de la statue de Jupiter qui tient en main la balance des destinées, pour interroger Tibère et les ombres de ses ancêtres sur la justice de leurs guerres.

Pour accomplir son projet, il voulait, parmi tous les princes, porter l'épée de général : ils ont alors conspiré sa mort, et voilà que maintenant il est étendu dans le sang, lui, dont l'âme avait conçu cette grande et patriotique pensée.

DARMOND.

Les as-tu entendues, ô Héla, mes larmes de colère ? as-tu entendu leurs cris, Héla, déesse de la vengeance !

KERDING.

Dans le Walhalla, sous l'éclat des rameaux d'or, Siegmar s'avance, la palme de la victoire à la main ; il est environné des héros dansants : le vieillard rajeuni est conduit par Thuiskon et par Mana ; il va recevoir le jeune héros.

WERDOMAR.

Siegmar recevra son Hermann avec une tristesse muette. Car maintenant il n'interrogera ni Tibère, ni l'ombre de ses aïeux, près de la balance de Jupiter.

CHANT PATRIOTIQUE

DESTINÉ A ÊTRE CHANTÉ PAR JEANNE DE WINTHEM (1).

1770

ARGUMENT. — Klopstock emploie tous les moyens pour ranimer chez ses contemporains les nobles sentiments qui font battre son propre cœur. Dans cette ode, c'est par la bouche d'une jeune fille qu'il épanche toute l'ardeur de son patriotisme. Le plan, les pensées et le style sont de la plus grande simplicité.

Je suis une jeune fille allemande ! mon œil est bleu, et doux est mon regard ; j'ai un cœur qui est noble, fier et bon.

Je suis une jeune fille allemande ! mon œil bleu exprime la colère contre celui qui méconnaît sa patrie ; mon cœur le hait.

(1) Jeanne-Élisabeth de Winthem était fille d'une nièce de Méta, première femme de Klopstock.

Je suis une jeune fille allemande ! ne me choisis aucun autre pays pour patrie.

Je suis une jeune fille allemande ! mon regard élevé considère en raillant celui qui hésite à faire ce choix.

Tu n'es pas un jeune homme allemand ! tu es digne de ce tiède retard ; tu n'es pas digne de ta patrie, puisque tu ne l'aimes pas comme moi !

Tu n'es pas un jeune homme allemand ! Tout mon cœur te méprise, toi, qui méconnais ta patrie; toi, jeune étranger, toi, insensé!

Je suis une jeune fille allemande ! mon bon, fier et noble cœur bat fortement au doux nom de Patrie !

Ainsi battra-t-il un jour au nom seul du jeune homme qui, fier comme moi de sa patrie, est bon, noble et allemand !

LE CHANT DU SACRIFICE

1769

ARGUMENT. — Ce chant est tiré, ainsi que les deux suivants, du premier des trois bardits consacrés par le poëte à retracer le caractère et la gloire de Hermann (1). Les bardes, réunis sur une éminence appelée *la montagne du sacrifice*, entonnent ce chant, tandis que les prêtres immolent des victimes à Wodan, le dieu de la guerre. La vue s'étend sur la plaine où le vaillant chef des Chérusques attaque une troisième et dernière fois les Romains sous la conduite de Varus.

Wodan, toi qui dans l'obscurité de la forêt conduis les chevaux blancs qui annoncent l'issue de la bataille, élève bien haut avec ses racines et son sommet, le chêne aux mille années qui forme ton bouclier : agite-le, et que son retentissement inspire la terreur aux conquérants

(1) Ces trois drames sont : la bataille de Hermann, 176 ; Hermann et les princes, 1784 la mort de Hermann, 1787.

Fais redire tes cris à l'écho des monts rocheux, à travers la terreur et l'obscurité de la forêt; qu'ils résonnent pour le combattant venu des bords du Tibre, comme le tonnerre de la tempête !

Fais signe à tes aigles qui sont plus qu'une enseigne au sommet d'une lance ! Leur regard est de flamme, et respire la soif du sang ; ils changent les cadavres en ossements blanchis.

Les roues du char de guerre de Wodan bruissent comme le torrent de la forêt qui se précipite du haut de la montagne. Comme retentit le pas des nobles coursiers ! Comme l'étendard flottant vole dans la tempête !

Les aigles conducteurs de l'armée planent en avant ; ils lancent leurs regards sur les légions. Comme bat leur aile ! Comme résonne leur cri ! Ils réclament à Wodan des cadavres.

Wodan ! c'est sans être attaqués par nous qu'ils sont venus nous assaillir près de tes autels ! Wodan ! c'est sans être attaqués par nous qu'ils ont levé leur hache contre la liberté de ton peuple !

Que le bruit de ton bouclier s'entende au loin ! Que ton cri de guerre retentisse comme la mer quand elle se brise contre les rochers du rivage ! Que ton aigle terrible plane, qu'il pousse son cri avide de sang ! Qu'il s'abreuve de sang, et que les vallées de la forêt soient couvertes d'ossements blanchis !

LA VICTOIRE OU LA MORT

1769

ARGUMENT. — Les bardes chantent ce chœur au moment où le vieux Siegmar, père de Hermann, oubliant la vieillesse qui l'accable et n'écoutant que sa haine contre les Romains, se met à la tête de la jeunesse et se précipite au sein de la mêlée.

UN CHŒUR.

Nous, peuple audacieux, nous avons une jeunesse qui meurt plus volontiers, avec un léger bouclier couronné de fleurs et d'honorables blessures, qu'elle ne vit, quand il en coûte la liberté !

UN AUTRE CHŒUR.

Nous, peuple audacieux, nous avons des hommes et des vieillards qui meurent plus volontiers, avec de

grandes et honorables cicatrices, qu'ils ne vivent, quand
il en coûte la liberté !

DEUX CHŒURS.

La chaîne du conquérant résonnait fortement : beaucoup plus fort retentit maintenant le bruit des armes
des Allemands victorieux et des Romains vaincus.

Répète, ô rocher lointain de la sombre forêt, le bruit
retentissant des armes ! Combien doucement résonne
maintenant la chaîne du conquérant !

DEUX BARDES.

Les cohortes se tournent audacieusement et s'agitent dans leurs centuries, comme la main habile des
Bardes sur la harpe du chant de victoire.

TROIS CHŒURS.

Et cependant les images des Fabius chancellent au
haut de la lance ; la nuit se fait pour l'œil du porte-
enseigne : il tombe en chancelant et les Fabius avec lui.

TOUS.

Où, où s'enfuient les aigles, l'orgueil des légions ?
En vain vous vous cachez dans ces marécages recou-
verts de broussailles ; vous viendrez cependant à l autel de Wodan !

Où, où s'enfuient-ils les dieux qu'ils honorent aussi profondément que le maître tonnant de l'Olympe! Cachez-vous ! Cependant, il vous faudra venir ici, et, percés des traits d'un allemand, verser péniblement votre sang, et vous débattre, et mourir à l'autel de Wodan.

———

LA DÉCISION

1769

ARGUMENT. — Tandis que les guerriers germains font un sublime et dernier effort pour triompher de la résistance désespérée des légions, les bardes font retentir ce chant où respire l'amour le plus ardent de la liberté et de la patrie.

UN CHŒUR.

Vous qui descendez de Mana ! vous qui descendez de Thuiskon ! retirez vos lances du sein des morts et abattez les vivants ; sinon, leur épée va immoler vos jeunes fils, tendres rejetons en fleurs.

TOUS.

Wodan, Wodan ! du sang romain, Wodan !

DEUX CHŒURS.

Vous qui descendez de Mana ! vous qui descendez de Thuiskon ! brandissez vos lances sanglantes aussi rapidement que votre regard ; sinon, vos mères seront obligées de leur porter les provisions de guerre !

TOUS.

Wodan, Wodan ! des casques romains, Wodan !

TROIS CHŒURS.

Vous qui descendez de Mana ! vous qui descendez de Thuiskon ! vos lances contre le front orgueilleux des Romains ! Et si, déjà fatigués, ils laissent leurs boucliers s'abaisser, vos lances droit au cœur !

Sinon, ils vont vous prendre vos nobles épouses et les emmener au loin, dans les chaînes, comme des esclaves, vos nobles épouses !

TOUS.

Wodan, Wodan ! des boucliers romains Wodan !

TOUS.

O peuple, toi qui es courageux et chaste, que ton

cœur exprime l'indignation, que ton bras répande la mort! La lance droit au visage des Romains! droit à leur cœur!

Sinon, ils vont emmener vos fiancées, fleurs élancées, l'orgueil du printemps, pour en faire des esclaves de leurs orgies, de leurs nocturnes et épouvantables orgies!

TOUS.

Wodan, Wodan! des enseignes de cohorte, Wodan!

UN CHŒUR.

Vous avez cependant de brillants poignards, ô fiancées! Rapide comme le regard du débauché est votre résolution. Vous avez cependant de brillants poignards, ô fiancées!

TOUS.

Ah! ils s'enflamment, ils s'enflamment, les jeunes gens! C'est en vain que dans la coupe d'or le doux jus du raisin les invite ;

Les débauchés sont en sang, ils sont en sang et ne boivent point à la coupe d'or. Jetez au loin vos poignards, ô fiancées!

TOUS.

Wodan, Wodan! le sang des tyrans pour la sainte liberté! Du sang pour la sainte liberté! le sang des tyrans! Wodan, Wodan!

SA MORT

1780

ARGUMENT. — L'impératrice Marie-Thérèse, dont le poëte chante la louange dans cette ode, mourut le 29 novembre 1780. Klopstock avait une profonde estime pour cette princesse : néanmoins, la crainte de passer pour flatteur l'avait empêché de la chanter de son vivant ; maintenant qu'il n'a plus rien à espérer d'elle, il la célèbre comme elle le mérite.

Repose doucement, ô toi la plus grande de ta race, puisque tu as été la plus humaine ! Voilà ce que tu as été, et l'histoire, juge sévère des morts, le gravera sur ses tables de marbre.

Souvent, j'aurais voulu te chanter. Ma lyre s'agitait et faisait résonner d'elle-même tes louanges. Je la laissais retentir ; car, de même que tu détestais tout ce qui n'était pas noble,

Ainsi je hais jusqu'à la plus faible apparence, jusqu'au plus léger nuage qui s'élève de l'autel fumant de la flatterie.

Maintenant je puis te chanter! La langue même des serpents n'oserait maintenant persifler ta gloire, car tu es morte! Mais je t'ai aimée, et de tristesse les cordes échappent à ma main défaillante.

Cependant un seul accent, une parole de flamme! Puisse ton fils, à force d'efforts, de luttes, d'ardeur pour la gloire, essayer s'il pourra t'atteindre!

Frédéric (1) peut bien pencher sa tête blanchissante vers l'avenir, pour voir si Celle qui juge les morts fera mention de lui sur ses tables de marbre.

Dors doucement, ô Thérèse! — Toi dormir? Non! Car, dans un monde supérieur, tu accomplis maintenant des actions plus humaines encore, et où tu trouves ta récompense.

(1) Frédéric de Prusse.

WINFELD

1784

ARGUMENT. — Ce chœur, extrait du second des bardits, est chanté par les bardes avant l'arrivée de Hermann à l'assemblée des princes qui trament sa mort. C'est l'histoire de la défaite de Varus.

UN CHŒUR.

Sœur de Cannes, bataille du Winfeld ! nous t'avons vue, la chevelure sanglante et flottante, le regard enflammé par l'ardeur du carnage, voltiger parmi les bardes du Walhalla !

Hermann dit : La victoire ou la mort ! Les Romains : la victoire ! et leur aigle flottait menaçante ; ce fut le premier jour.

La victoire ou la mort ! s'écria ensuite leur général.

Hermann se tut et combattit. L'aigle battit des ailes ; ce fut le second jour.

DEUX CHŒURS.

Le troisième vint. Ils s'écrièrent : La fuite ou la mort ! Il ne laissa point fuir les ravisseurs de la liberté ! fuir les meurtriers des enfants à la mamelle ! Ce fut le dernier jour !

DEUX BARDES.

Il laissa seulement s'enfuir des messagers qui allèrent à Rome. Leur étendard flottait par derrière ; leur lance traînait et soulevait après eux des nuages de poussière ; leur visage était pâle. C'est ainsi que les messagers arrivèrent à Rome.

Dans son palais était assis l'empereur Octave César-Auguste. Près du foyer étaient des coupes remplies du nectar de la vigne pour ce *dieu suprême.*

La flûte lydienne se tut à la voix des messagers. Le dieu suprême se précipita le front contre les colonnes de marbre de son palais : Varus ! Varus ! mes légions, Varus !

Les conquérants du monde craignirent alors de lever la lance pour la patrie ; on fut obligé d'en venir à décimer les réfractaires.

Elle a détourné son regard, la déesse de la victoire!

criaient ceux qui refusaient de s'enrôler. (Puisse-t-elle le détourner pour toujours !) Il criait : Varus ! Varus ! mes légions, Varus !

TOUS.

Sœur de Cannes, bataille du Winfeld ! Nous t'avons vue, la chevelure sanglante et flottante, le regard enflammé par l'ardeur du carnage, voltiger parmi les bardes du Walhalla !

CHANTS PATRIOTIQUES

III.

CHANTS POLITIQUES

CHANT DE GUERRE

1767

ARGUMENT. — Quoique Klopstock ait composé plusieurs chants de guerre, il abhorrait la guerre. Aussi ses chants guerriers sont-ils plutôt un appel à la raison et à la justice qu'un stimulant au combat. Il n'admet la guerre que pour des causes justes, et encore, quand on ne peut absolument l'éviter. Le sang versé pour la patrie ne sert de rien, si Dieu n'est avec les guerriers.

Notre bras n'a rien fait, si le Dieu puissant, qui conduit tout, ne nous assiste pas.

En vain nous brûlons d'une ardeur audacieuse, si la victoire ne nous vient pas de Celui qui conduit tout.

En vain notre sang coule pour la patrie, si Celui qui conduit tout, ne vient point à notre secours.

En vain nous mourons pour la patrie, s'il ne nous vient pas de secours de Celui qui conduit tout.

Précipite-toi comme un torrent, ô sang ! Immolenous pour la patrie, ô mort ! Nous avons confiance en Celui qui conduit tout.

Debout ! Précipitons-nous dans la chaleur du combat ! Nous avons souri à la mort, et nous vous sourions, ô ennemis !

La danse que bat nos tambours, la bruyante et belle danse guerrière se dirige vers vous.

Enfoncez ceux qui sonnent de la trompette du côté où notre acier rougi vous a ouvert un large chemin.

L'élan, le bel et bruyant élan guerrier de la trompette, suivez, suivez-le avec rapidité !

Du côté où nos drapeaux flottent en avant, que là flotte aussi l'étendard, que là infanterie et cavalerie remportent la victoire !

Voyez-vous le haut panache blanc ? Voyez-vous l'épée levée ? Le panache et l'épée du général ?

Il a dirigé au loin l'ardeur de la bataille, et maintenant, en face de la mort, il fait ce qui doit décider du combat.

Rien n'a été fait ni par lui ni par nous, si le Dieu puissant qui conduit tout ne nous assiste pas.

Là-bas s'élève encore de la fumée. Courons, courons-y ! Nous avons souri à la mort, et nous vous sourions, ô ennemis !

PROPHÉTIE

1775

ARGUMENT. — Ici Klopstock annonce à son pays la liberté politique. Il ne parle pas de la forme du gouvernement, il ne voit que la chose la plus importante : le règne de la raison au lieu du règne de l'épée. Le poëte avait appuyé sa Télin à un rejeton de chêne, et elle se mit à retentir d'elle-même. Il la saisit, et, de même que les bardes prophétisaient l'avenir en examinant le coursier sacré, il l'a considéré aussi, lui, barde moderne, et il ne fait que rapporter le résultat de son examen.

Ma Télin était appuyée à un rejeton de chêne, enveloppée de vapeurs transparentes. Et voilà que soudain elle retentit d'elle-même ; cependant je la laissai retentir sans la prendre.

Elle répandit alors par torrents des accents de dépit et de colère. J'accourus en hâte et je la saisis encore menaçante, afin qu'un jour elle ne se vengeât point de moi, en demeurant muette.

C'était d'après l'œil du coursier, l'élévation de son pas, le trépignement de ses pieds, sa respiration, ses hennissements et ses bonds, que les bardes prophétisaient ; et moi aussi, j'ai une vue claire de l'avenir.

Le fardeau pèserait-il toujours sur toi ? Un jour, ô Allemagne, ce joug tombera ! Un siècle encore, et ce sera fini ; le droit de la raison remplacera le droit de l'épée !

Car, dans la forêt, le coursier sacré hennissait, le cou élevé ; il bondissait çà et là, la crinière au vent ; la tempête et le torrent n'étaient qu'un jeu pour lui.

Il s'arrêta sur la prairie, piétina et regarda autour de lui en hennissant ; il se mit à paître sans souci ; dans son orgueil, il ne regarda point après le cavalier qui gisait dans le sang près de la borne de pierre.

Non, il ne t'accablera pas toujours, le fardeau ! Un jour, tu seras libre, ô Allemagne ! Un siècle encore, et ce sera fini ! le règne de la raison remplacera celui de l'épée.

A L'EMPEREUR

1781

Cui tres animas.....
Il avait trois âmes. — Virg.

ARGUMENT. — Du vivant de sa mère, l'empereur Joseph II avait été arrêté dans ses idées de réforme pour l'affermissement de l'état et le bonheur de ses sujets; mais aussitôt après sa mort (novembre 1780), il se mit à l'œuvre. Liberté de la presse, liberté des cultes, affranchissement des Juifs, diminution d'une grande partie des charges supportées par les paysans, voilà ce que fit ce prince libéral. On comprend que notre poëte, sensible à tout ce qui intéressait l'humanité, ne pouvait manquer de chanter un prince qui débutait si bien. C'est ce qu'il fait dans cette ode avec autant de grandeur d'âme que de sincérité.

Le prêtre, tu en fais de nouveau un disciple du grand fondateur de notre religion ; tu fais un sujet du paysan courbé sous le joug ; tu fais du juif un homme. Qui a fin i

11.

Comme tu commences ? Si ce n'est pas aussi pour lui-même que la sueur ruisselle du front du paysan, fatigué des labeurs de l'agriculture ; s'il ne cultive pas sa propriété pour ses descendants ; s'il gémit, lui aussi, quand, chargé sous le poids de la moisson,

Son char gémit, c'est que le droit des tyrans a imposé à l'opprimé la charge de pourvoir à la subsistance du pays, charge que le poing sanglant du plus fort a gravé sur la table des lois. Et c'est cette table que tu brises.

Quel est celui qu'un frémissement de compassion ne saisit point, quand il voit la manière dont notre populace dégrade le peuple de Chanaan ? Et ne le fait-elle point, parce que nos princes ont chargé ce peuple de trop lourdes chaînes ?

O Sauveur, tu brises ces chaînes rivées si longtemps à ses bras blessés ; il le sent, et le croit à peine. Le bruit des fers a si longtemps résonné autour de ces infortunés !

LA GUERRE ACTUELLE

1781

ARGUMENT. — La guerre dont le poëte parle ici est la guerre d'indépendance de l'Amérique, pendant laquelle les flottes ennemies semblaient, pour ainsi dire, s'éviter : c'est ce côté de la guerre que Klopstock chante. Il se figure que c'est par esprit d'humanité que les amiraux agissent de la sorte. Cette pensée le ravit et lui donne l'espérance que bientôt il n'y aura plus de guerre, et qu'une paix éternelle régnera parmi les hommes.

Tu es digne d'un plus noble laurier, ô guerre que l'on fait maintenant sous la voile gonflée et la banderolle flottante, tu es la guerre des nobles héros ! Que ma lyre te célèbre, elle qui n'a jamais chanté de guerre !

Un sublime esprit d'humanité t'anime. Tu es l'aurore d'un grand jour prochain.

C'est pour la civilisation de l'Europe un vol d'aigle

que cette sage lenteur à verser le sang, cette fuite plus sage encore, et ce divin ménagement,

A l'instant où par le meurtre d'un frère, l'homme devient un monstre. Les flottes parcourent l'Océan en se cherchant et elles ne se trouvent point.

Et quand enfin poussées par un vent pernicieux ou un courant funeste, elles s'aperçoivent, elles engagent une lutte plus longue que jamais, mais facile à terminer ; elles s'efforcent de prendre un vent favorable, mais pour s'éloigner l'une de l'autre,

Et lorsqu'enfin le combat est sur le point de s'engager, elles se séparent. Les foudres de la guerre font entendre leurs mugissements terribles, mais leurs coups mortels vont se perdre dans la mer.

Nul vaisseau n'est capturé; nul ne sombre, submergé par les vagues envahissantes ; nul ne devient la proie des flammes; nul ne s'en va voguant à la dérive couvrir les cadavres de ses débris.

C'est ainsi que les amiraux et les capitaines de vaisseaux luttent entre eux sans s'être entendus ! Les hommes aux pensées profondes ont-ils besoin de s'être donné parole? Ils agissent, ils se comprennent par leurs actions !

Europe, reine de la terre ! ton vol d'aigle dans le champ de la civilisation t'élèvera jusqu'au but suprême, si cette sainte épargne du sang devient un usage parmi les guerriers.

Oh ! voilà que se lève maintenant la plus belle des aurores, car elle annonce qu'un jour sacré, que les hommes n'ont point encore vu, va éclairer les siècles.

Avec quel regard de miséricorde il va nous considérer, celui que le calme de ce jour précieux réjouira, nous qui ne savions pas encore que la guerre était la flétrissure la plus honteuse et la plus profonde de l'humanité !

Mais, annonçais-tu réellement l'avenir, ô lyre ? L'esprit qui planait autour de toi, apercevait-il des hommes-dieux ? Ou bien, n'a-t-il vu que des athées qui redoutent l'anéantissement (1) ?

(1) Cette strophe, dont les pensées sont en opposition avec le reste de l'ode, a sans doute été ajoutée par le poëte après les combats sanglants qui eurent lieu plus tard.

LES ÉTATS-GÉNÉRAUX

1789

ARGUMENT.— Klopstock accueille avec enthousiasme les réformes que promettent les États-Généraux. « Je crus, écrit-il lui-même au ministre Roland, je crus prévoir dès lors la liberté des Français, et je le disais avec l'effusion d'une joie bien vive, et presque les larmes aux yeux. » Telle est en effet l'émotion qui règne dans la première des odes qu'il a consacrées à chanter la révolution française, qui lui semble l'aurore du jour tant souhaité par lui.

L'audace des États de la France commence à poindre déjà. Dans mon attente, la brise du matin me pénètre jusque dans la moëlle des os. Oh ! viens, soleil nouveau et bienfaisant, soleil, qui n'es pas un songe !

Je te bénis, ô Toi, qui protéges ma tête, ma tête blanchie, et ma force qui dure depuis soixante ans ; car, c'est à elle que je dois d'avoir vécu jusqu'au jour où j'ai pu voir ces choses !

Pardonnez, ô Français, (le nom de frère est un noble nom), pardonnez-moi d'avoir crié autrefois aux Allemands de ne pas vous imiter, je les supplie maintenant de le faire.

Je pensais naguère que la plus grande action de ce siècle était celle de Frédéric (1), qui, nouvel Hercule, lançait sa massue en combattant les dominateurs et les *dominatrices* de l'Europe (2).

Je ne pense plus ainsi maintenant. La France se couronne d'une couronne civique, comme il n'en était point encore. Elle resplendit plus brillante (elle en est digne), plus belle qu'un laurier souillé de sang.

(1) Frédéric II de Prusse.
(2) Marie-Thérèse d'Autriche.

LOUIS XVI

1789

Argument. — Louis XVI n'aime pas la gloire bruyante des armes;
il ne fera de conquêtes que dans le champ des réformes intérieures.
Il est le père de son peuple, auquel il accorde une juste part dans
l'administration du royaume. Heureux temps! moisson abondante
pour le peuple et pour le roi! Louis XVI sera un jour le modèle des
monarques.

L'amour des trophées, qui ne font que voiler le sang,
n'entraîne point Louis à la conquête ; il ne parle jamais avec ostentation de Marc-Aurèle ; il ne cherche
ni à remplir la bouche de la renommée, ni à briller
par l'éclat de sa cour ;

Mais il appelle les hommes du peuple, afin qu'ils lui
allègent le fardeau du peuple, et affermissent avec lui
la sage alliance entre un père et ses enfants par une
constitution harmonieuse,

Comme une mélodie céleste. (Heureux temps, heureux moi-même qui ai pu le voir!) Il les appelle, afin qu'ils sèment avec lui la semence d'où sortira un jour la moisson dorée.

Ah! je la vois déjà, j'entends le frémissement des plaines ondulantes. Elle vient, ô bonheur! elle approche, la moisson! Les moissonneurs et le roi portent l'aimable couronne bleue!

De même que jadis César pleura devant la statue d'Alexandre, fils du Dragon, parce que, arrivé à l'âge mûr, il n'avait encore rien fait, ainsi le conquérant pleurera un jour sur la tombe de ce roi plus noble que lui.

CONNAISSEZ-VOUS VOUS-MÊMES

1789

ARGUMENT. — Ici le poète voudrait pouvoir réveiller chez ses compatriotes les nobles sentiments de liberté qui animent leurs frères, les Français. Mais le silence des Allemands le décourage. Cependant, se dit-il, ce silence n'est peut-être que le signe précurseur de la tempête qui se prépare. Pour les inviter à la hâter, il leur peint, sous forme d'allégorie, les heureux effets que produirait cet orage politique qu'il désire si vivement.

La France s'est rendue libre. C'est là que la plus noble action du siècle s'est élevée vers l'Olympe. Es-tu donc assez étroitement borné pour le méconnaître ? Une telle obscurité, une telle nuit environne-t-elle encore ton regard ? Parcours les annales du monde et trouves-y quelque chose qui y ressemble seulement de loin, si tu le peux. O destinée ! ils sont cependant, ils sont nos frères, les Français. Et nous, ah ! je vous interroge en vain ; vous restez muets, Allemands ! Que signifie votre silence ? Annonce-t-il que vous êtes fatigués de vos longues souffrances ? Annonce-t-il un changement, comme le calme brûlant annonce la tempête qui fait tournoyer devant elle les nuages tonnants, jusqu'à les embraser et en faire une glace terrible ?

Aussitôt après l'orage, les Zéphyrs commencent à souffler, les ruisseaux à rouler en murmurant, les gouttes à tomber du feuillage, la fraîcheur à nous raviver ; autour de nous s'élèvent des odeurs agréables ; le pur azur nous sourit, et avec lui, l'aspect du ciel ; tout est ému, tout est vie, tout se livre à la joie ; le rossignol, dans ses chants flûtés, célèbre son union ; le chant de la fiancée est plus tendre ; les enfants dansent autour de l'homme que nul despote ne méprise plus ; la jeune fille, autour de la femme tranquille qui allaite son enfant.

———

LE PRINCE ET SA MAITRESSE

1789

ARGUMENT — Les changements qui s'opéraient en France jetèrent aussitôt l'épouvante dans la plupart des cabinets de l'Europe. Les princes croyaient voir l'esprit de liberté se propager parmi les peuples, et leurs couronnes réduites en poudre. Les courtisans essayaient de les tranquilliser et de les étourdir. C'est cette crainte que Klopstock nous peint dans ce dialogue entre un prince et sa maitresse.

LA MAÎTRESSE.

Pourquoi es-tu donc si sévère ?

LE PRINCE.

Pourquoi m'interroges-tu ? Remplis-moi cette coupe d'un vin brillant aux flots dorés.

LA MAÎTRESSE.

Mais tu ne le prends pas.

LE PRINCE.

Que me tourmentes-tu ? Réveille les sons les plus doux de ton luth, et chante-moi ton lied.....

LA MAÎTRESSE.

Ah ! j'ai chanté; et tu ne m'as pas écoutée.

LE PRINCE.

Tu aurais chanté ! Hâte-toi maintenant de répandre ici des roses.

LA MAÎTRESSE.

Qu'ai-je besoin de répandre des roses que tu ne verras point ? Que te font maintenant les chants ? Que te font les roses ? Écoute, là-bas ton coursier hennit, impatient de te porter de ton château au sein de la foule, qui simule pour nous le jeu des armes ; vers la troupe des jeunes gens à l'armure brillante comme l'éclair ; au milieu de leurs rapides évolutions. Pourquoi deviens-tu encore plus pensif, plus sombre qu'auparavant, quand je te nomme les guerriers ? Pourquoi t'abîmes-tu plus profondément dans le chagrin ? Pourquoi ce regard farouche ? Que vois-tu ? Vois-tu une apparition ? Une image de mort s'approche-t-elle de toi ?

LE PRINCE.

Aucune image de mort, aucun des mânes, mais cependant un Esprit ; ah ! l'esprit terrible de la liberté, par lequel les peuples osent voir maintenant ce qu'ils sont. Quel charme le conjurera, le repoussera dans la nuit de la plus silencieuse prison d'où il vient ? Malheur à moi ! Où est celui qui osera résister à ce géant aux cent bras, à ce géant aux cent yeux ?

LA GUERRE DE LA LIBERTÉ

Avril 1792

Argument. — Le but de cette ode est de détourner la guerre qui se prépare contre la France. Klopstock l'envoya au duc de Brunswick, espérant l'empêcher de prendre le commandement de l'armée des alliés contre la France. Les états sont fondés pour le bien des hommes faits pour vivre en société. L'état le plus parfait est celui où la liberté civile est la plus complète. Parmi tous les peuples, les Français se sont le plus approchés de la perfection en anéantissant le système féodal ; une ligue contre eux est donc une injustice, un crime de lèse-humanité dont les princes subiront le châtiment, car les peuples agités ne voient point l'utilité de cette guerre ; ils ne feront point de sacrifices : avis aux princes. Comme on peut le voir, l'enthousiasme de Klopstock ne se refroidit point.

De sages amis de l'humanité ont profité des dispositions de l'homme à la société pour former les états ; de son amour de la vie, pour former la vie sociale. Les sauvages ne vivent pas. Tantôt ce sont des plantes, tantôt dès animaux qui respirent sans avoir les jouissances de l'âme. La société s'est élevée à un bien haut degré de perfection en Europe ; elle s'approche toujours davantage du but suprême. Ce n'est point un croquis de dessinateur, c'est presque un chef-d'œuvre de Raphaël ou de Michel-Ange, quoique le charme des couleurs en atténue çà et là l'imperfection.

Mais aussitôt que les maîtres des nations agissent sans elles, ce n'est plus la loi qui commande aux citoyens; les dominateurs deviennent alors des sauvages, des lions ou des plantes empoisonnées.

Et maintenant, vous voulez aussi le sang du peuple qui, de tous les peuples, s'approche le plus du degré suprême; du peuple qui, bannissant la furie chargée de lauriers, la guerre de conquêtes, s'est donné la plus belle de toutes les lois ; vous voulez, le fer et le feu à la main, précipiter, du faîte qu'il occupe, ce peuple agité, ce peuple qui, sauveur de lui-même, s'est élevé au sommet de la liberté, le forcer à redevenir sauvage, et à être de nouveau esclave ; vous voulez faire voir par le meurtre que le Juge du monde..... et tremblez ! le vôtre lui-même, ne rend pas la justice aux hommes ! Puissiez-vous, avant que votre épée ne dégoutte du sang des blessures, comprendre l'avertissement sérieux et salutaire de la prudence ! Déjà la cendre se rougit dans vos pays, et de l'étincelle réveillée sort la flamme.

N'interrogez-pas les courtisans, ni ceux qui sont nés pour vivre de salaire, et dont le sang coule pour vous dans les batailles ! Interrogez celui qui fait reluire par l'exercice le soc de la charrue, le soldat dont le sang n'est pas de l'eau ! Que leur réponse loyale ou leur profond silence vous apprenne ce qu'ils voient sous la cendre. Cependant vous les méprisez ; jouez donc le jeu inconnu de cette guerre nouvelle, jeu terrible, tout ce qu'il y a de plus terrible ! Car, dans les guerres, on fait des sacrifices d'hommes aux maîtres que l'on idolâtre. Les mortels ne savent pas ce que Dieu fera; cependant, ils aperçoivent quand de grandes choses vont arriver. Ils pressentent tantôt la lenteur de son action, tantôt la marche foudroyante de la crise qui doit décider avec une rapidité effrayante. Puisse Celui qui prévoit l'avenir et qui m'aime, satisfaire mon désir ardent et m'annoncer l'issue de cette guerre.

FRÉDÉRIC, PRINCE DE LA COURONNE

1792

ARGUMENT. — Le Danemark avait été invité par les princes allemands, réunis à Pillnitz (1791), à s'allier avec eux contre la France. Ils engageaient en même temps le gouvernement à établir la censure de la presse pour empêcher les idées libérales de se propager parmi le peuple. Le Prince de la couronne, alors régent, demeura neutre et ne restreignit en rien la liberté de la presse. Ce fut pour exprimer sa joie de la conduite du gouvernement danois, que Klopstock composa cette ode, qui est en même temps un éloge du prince.

Art puissant des modernes, art conservateur, ami le plus actif de ceux en qui le génie se manifeste et qui sont capables de jouir du génie, ô toi, qui en peu d'heures multiplies par milliers les paroles, oui, c'est à toi, à toi-même, que deux princes allemands s'applaudissent d'avoir donné des chaînes, aussitôt que de tes mille voix tu veux faire retentir autour de toi la noble parole de l'homme sincère et franc. Dans leur sagesse, ils n'ont pas précisément choisi un temps favorable. Car ce n'est point un jeu, quand la France inscrit maintenant sur ses actes : « l'an quatre de la liberté. » Le Père du Danemarck ne le pense pas du moins. Inébranlable au message de l'Empereur, il laisse subsister sa loi sur la table d'or. Cet art sublime n'entend jamais ici le bruit des chaînes royales, bien qu'il l'entende à Mœler, sur la Newa, même sur la Tamise, quoique faiblement. C'est ainsi que règne Frédérick, le descendant de mon roi bien-aimé, dont la cendre m'est sacrée. Qu'il soit heureux ! Il répandit aussi la semence de la liberté pour l'homme des champs ; elle verdit maintenant, elle élève des épis précoces. Mais bientôt dans toute la plaine frémiront les tiges courbées, joie du moissonneur. Plus brillant encore resplendit le but où s'agitent les plus belles palmes que donna jamais l'immortalité. L'Angleterre y voulait atteindre et anéantir le commerce d'hommes ; mais elle différa, elle ne fit que s'en approcher. C'est le Danemarck qui l'a atteint le premier, et a reçu les premières palmes de l'immortalité.

France, contrée qui a osé tant de prodiges, sommeilles-tu ? Réveille toi, et accomplis cette œuvre admirable après le Danemarck.

LES JACOBINS

1792

ARGUMENT. — Dans cette ode, le poëte maudit les Jacobins et prédit à la France la ruine de la liberté si on ne parvient à détruire cette engeance funeste. On le voit, Klopstock prédit d'avance chacune des phases de la Révolution. Il a prévu la hardiesse des Etats-Généraux, il prédit maintenant la mort de la liberté.

Les corporations (pardonnez le mot aussi mauvais que la chose) la France libre les anéantit; coupés par morceaux ces petits serpents se remuaient dans le sable.

Et cependant, près de leurs débris s'est élevée la corporation, le club des Jacobins. La tête exerce ses fureurs à Paris; les replis s'agitent à travers la France.

Ah! êtes-vous donc sourds? N'entendez-vous pas le

concert épouvantable qu'ils font dans les profondeurs de leur antre? Le voyageur entend rarement deux fois un pareil concert. Comme il retentit!

Si vous ne repoussez point dans la caverne ce serpent monstrueux; si vous ne roulez pas de rocher à l'entrée, la bave de sa morsure fera tomber sur la poussière la liberté que vous avez fondée.

12.

LES DEUX TOMBEAUX

1793

ARGUMENT. — Cette ode n'a pas besoin de commentaires. Le voyageur qui interroge l'ombre des deux nobles victimes n'est autre que le poëte lui-même. L'impossibilité de pleurer les deux grandes âmes dont la mort a été inutile à la patrie, en dit plus qu'une longue description sur les jours de la Terreur.

De qui est ce tombeau? — Voyageur, de la Rochefoucault. — De qui est celui-ci encore frais? — Le tombeau de Corday.

Je m'éloigne et je vais cueillir des fleurs pour les répandre sur vos tombeaux, car vous êtes morts pour la patrie. — N'en plante point.

Mais aussitôt que tu pourras pleurer, (nous voyons dans ton regard, bon voyageur, que tu ne peux pas encore le faire).

Reviens à nos tombeaux et pleure, mais des larmes de sang, car nous sommes morts en vain pour la patrie !

———

L'APPARITION

1795

ARGUMENT. — La prédiction de Klopstock est accomplie; les Jacobins ont tué la loi (1). L'ombre de la constitution apparaît sanglante à la ville de Paris qui demande avec effroi à la Tribune (2) quel est ce fantôme. La tribune renvoie la ville de Paris à la furie des clubs. Le poëte termine en prédisant le retour de la Constitution. Cette ode prouve que Klopstock ne renia jamais, comme on le prétend, les principes de la révolution qu'il avait embrassés avec tant d'ardeur.

Quelle ombre s'avance là-bas dans le lointain? avec quelle terrible légèreté elle marche! Elle a encore le poignard dans le sein! Ah! Tribune, la connais-tu? Plus elle s'approche, plus une horreur inquiète s'empare de moi. —

(1) Voir l'ode : les Jacobins. 1792.
(2) C'est-à-dire la populace assistant aux séances de la Convention.

Un fantôme t'épouvante, toi la reine des cités, toi la Rome du pay. gauloi. ?

Réponds-moi ? Quelle est cette ombre ? elle s'approche toujours de plus en plus ! — Compte les poignards ! — Mon regard se trouble ! —

Hé, que me fait ce fantôme ? Que m'importe si des poignards l'ont tuée ?

Quand on est mort, on s'en va dans le royaume des ombres. Maintenant tu vas tout savoir. D'autres choses m'occupent ; dominer, dominer, voilà mon bonheur ! C'est ce que je rêve éveillée, comme endormie. Les défenseurs du peuple m'obéissent, ils viennent s'agenouiller devant moi. Celui qui s'abaisse le plus profondément, je le récompense, je l'élève à la dignité de représentant du peuple. —

Mais quelle est donc cette ombre ? Déjà depuis longtemps je m'étais enfui, dans la pensée qu'elle ne viendrait et n'entrerait pas dans ce lieu sombre. —

Demande-le à la furie des clubs, puisque tu ne peux avoir de repos que quand tu sauras le nom du fantôme. —

Attends (1), il faut que je décide la question de savoir laquelle de la déesse de la domination ou de la déesse de la vengeance, mérite le plus bel autel. —

Monstre aux cent têtes et aux cent bras, et cependant à un seul œil, c'est à moi, la Rome du pays 'gaulois,'à moi que tu ordonnes d'attendre ? Quelle est ? parle !

(1) La furie des clubs prend ici la parole.

quelle est l'ombre qui s'approche de nouveau, et de la main me montre ses blessures ? —

Attends ! Il faut que je termine mes recherches. J'ai trouvé. C'est la déesse de la vengeance qui mérite le plus bel autel. Cette ombre qui s'approche de nouveau et nous montre maintenant ses blessures, c'est la loi anéantie. C'est nous qui l'avons assassinée ! C'est moi qui lui ai fait ses plus nombreuses blessures. Les autres vous appartiennent à toi et à la Tribune. Je ne m'en repens pas; je prendrais de nouveau le poignard, si la morte revenait. Par Marat, je me fraierais encore une fois un chemin sanglant vers l'autel de la domination et vers l'autel de la vengeance. —

Et le monstre aux cent têtes se tut. Mais, des bords du Rhône un vent s'éleva, une tempête se forma ; elle parlait de retour. Et les poignards de l'ombre tombèrent ; la Rome de la France ouvrit de grands yeux, le monstre s'enfuit.

A L'OMBRE DE LA ROCHEFOUCAULT

1795

ARGUMENT. — Cette ode est une élégie sur la perte de la liberté.
Il l'aime tant qu'il ne peut se faire à l'idée que c'en est fait d'elle.
Il espère toujours qu'elle reviendra, qu'elle n'est pas remontée au
ciel, mais qu'elle s'est arrêtée dans les nuages. Il interroge l'ombre
de La Rochefoucault ; mais elle ne lui répond que par le silence.
Le poëte en est terrifié. Néanmoins les interrogations qui terminent
l'ode indiquent assez qu'il n'a pas encore perdu tout espoir.

Une pensée rajeunissait ma vieillesse, et pénétrait
mon cœur. Pareille au ruisseau fécondant qui traverse
la prairie, elle me rendait le calme avec la joie et le
bonheur, et me transportait, comme par enchantement,
dans des plaines fortunées où ne brillait que le soc de
la charrue, mais non l'épée terrible. Là ne retentissait
que la foudre des nuages suivie d'une pluie rafraîchissante ; on n'y entendait pas le tonnerre de bronze qui

lance la mort. Mais cette pensée ne me rajeunit plus ; je sens la vieillesse ; toute ma joie, tout mon bonheur s'est dissipé ! car la liberté est retournée au ciel ! Peut-être est-elle encore dans les nuages ! La voyez-vous ? La déesse a disparu pour moi ! Mais sa persécutrice n'a pas disparu. Ah ! Alecto (Illégalité est son nom terrible) est naturalisée parmi vous. Elle fait siffler ses serpents autour d'elle ; elle agite ses torches funèbres. Elle prend souvent une forme humaine et siège à l'assemblée ! Toutefois cette métamorphose ne lui réussira point ; elle ne fera point illusion, elle demeurera ce qu'elle est, je le sais. Cependant elle lui réussit naguère ; par ses menaces, elle terrifia l'assemblée. Si tu m'as entendu, ô chère ombre, parle, (car maintenant tu peux voir l'avenir). Ah ! le sifflement cessera-t-il un jour autour de la tête d'Alecton? Jettera-t-elle ses torches funèbres pour s'enfuir? L'assemblée sortira-t-elle de sa terreur? La déesse qui est remontée au ciel reviendra-t-elle? Ne la réhabiliteront-ils jamais, ceux qui l'ont calomniée ?

Illustre mort, je ne te vois pas ; cependant je sens que tu es près de moi, car j'aperçois là-bas dans cette demi-obscurité un vêtement sanglant. Ah ! voilà que tu t'avances ! tu as compris ma douleur, entendu la question que je t'ai adressée en pleurant de chagrin ! Mais tu gardes le silence.

Ainsi, ô homme de bien, c'est en vain que tu es mort pour ta patrie ; ces rebelles continueront d'exercer à jamais leur rage avec le sourire amer de l'ironie ; ils fouleront à jamais aux pieds cette grande nation. Cette grande nation, objet de la moquerie de ces furieux, supportera d'être foulée à jamais dans la poussière !

La déssse qui est remontée au ciel ne reviendra jamais, et jamais ceux qui l'ont calomniée ne la réhabiliteront !

LA PAROLE DES ALLEMANDS

.

1793

ARGUMENT. — L'armée alliée et l'armée française étaient en présence, quand, d'après la supposition du poëte, le général de l'armée
alliée victorieuse propose au général français de s'unir à lui pour
marcher sur Paris et rétablir la Constitution. Ce qui a donné à Klopstock cette idée étrange, c'est sans doute la proposition de marcher
ensemble sur Paris, que Dumouriez fit au prince de Cobourg après
la bataille de Neerwinde. Une pareille conduite eût été un crime
de la part de l'armée qui refusa de suivre son général. Klopstock
ne voyait que la fin, sans songer à l'odieux du moyen.

Prépare-moi une table de marbre, ô sculpteur, et
graves-y en lettres d'or ce que je vais te dire ! Ecoute
bien: qu'aucune parole ne t'échappe; car elle est noble,
cette action,

Et jamais elle ne succombera à l'oubli ! Les vainqueurs sont mes Allemands; et cependant les lauriers

leur sont en horreur ; le sang et la mort sont en horreur aux Allemands vainqueurs.

Voici ce que fit retentir la trompette du général en
présence de l'armée des Français :

« Vous vous étiez donné la liberté ; vous avez changé
la déesse en monstre. Purifiez vous, et suppliez celle
que vous avez profanée, afin qu'elle vous pardonne
cette métamorphose, qu'elle vous soit favorable,

Qu'elle redevienne ce qu'elle a été avant cet affreux
changement : (elle est devenue la honte, l'effroi des
gens de bien demeurés muets).

Enlevez la poussière sanglante de son autel profané !
Enlevez le cadavre roidi qui vous rappelle cette noble
morte !

Purifiez-vous ! Nous venons, il est vrai, armés de pied
en cape, mais nous venons aussi avec le rameau de la
paix dans la main ;

Nous venons nous unir à vous pour remettre l'Etat
tel que vous l'aviez formé naguère, pour poser des
bases fermes au monument Sans des fondements so-
lides, le créneau s'affaisse bientôt.

Recevez-nous en amis ; nous sommes les vieux
Francs. Fils de nos pères, jadis nous n'avions qu'une
seule langue, nous ne formions qu'un seul peuple ! »
Voilà comment la trompette annonça aux jeunes
Francs l'alliance des anciens.

Des tourbillons de fumée s'élevèrent du camp des
ennemis ; mais ce ne fut pas un écho joyeux que leur
trompette fit retentir.

HERMANN SORTI DU WALHALLA

1794

Argument. — Le but de cette ode est d'engager les alliés à ne point attaquer la France, car ils ne pourront vaincre ce peuple enthousiaste de sa liberté; ils ne feront que l'irriter et l'exciter contre l'Allemagne. Si la guerre doit avoir lieu, qu'elle ne soit que défensive. Vers la fin, l'ombre du grand Hermann apparaît au poëte. Hermann désapprouve la guerre offensive. La guerre défensive est elle-même un grand malheur : mieux vaut la paix.

Que la guerre soit, puisqu'il le faut ! Mais qu'elle ne soit que défensive, que l'épée n'ensanglante pas la patrie des Français. La nature même de la guerre est une leçon pour les hommes prudents, l'expérience seule peut instruire les autres. Ce n'est qu'après être tombés et retombés qu'ils apprennent que la route, où ils se sont engagés, n'est pas unie, mais rocailleuse. C'est parce qu'ils ne sont pas encore bien instruits et qu'ils n'ont pas vidé, jusqu'à la lie, la coupe amère de l'expérience, qu'ils vont se souiller de sang par milliers, faire couler les larmes d'un plus grand nombre encore ! C'est en vain que les mères rappelleront leurs fils pour les protéger, c'est en vain que, du champ de bataille silencieux, la fiancée appellera son fiancé à la danse nuptiale ! Le vieillard chancelant sera donc obligé de conduire la charrue ! Il tremble, et les chevaux lui ravissent la semence pour s'en repaître.

La guerre, la guerre donc ! Mais, avertis (1) comme vous l'avez été, évitez les vallées de la France ! Que la guerre n'ait pas pour but de forcer un peuple à remettre un prince sur le trône, à renoncer à ce qui lui paraît le *Bonheur !* (Naguère ce bonheur n'était pas une apparence seulement !) Qu'elle n'aille point exciter ce peuple. qui depuis longtemps demeure froid à la vue des mourants, et ne désire que la vengeance ; qu'elle ne fasse que protéger nos propres foyers ! N'allez point cueillir des lauriers souillés ! Que ce soit une guerre d'un nouveau genre ! Puisque tout est nouveau maintenant, il faut aussi que la manière de faire la guerre soit nouvelle ; il faut qu'elle soit défensive ! N'a-t-on pas toujours innové dans cet art ? Et quand la sagesse le réclame, on ne le ferait pas ! Maintenant le regard pénétrant et enflammé du génie créateur serait-il éteint ? Son esprit fécond serait-il endormi ? Oh! vous réussirez, vous trouverez un moyen sage et digne des Allemands pour épargner la vie des hommes. Combattants, le premier pas qui conduit l'ennemi au-delà de

(1) Allusion à la campagne de 1792 et 1793 en Champagne.

la frontière, le conduit au tombeau ! S'il parvient à se
dérober et à fuir avec sa petite troupe, à l'instant
même un orage le prend par derrière. Des pieux et
des fossés protégent contre son ardeur la chaumière
du paysan et la demeure du citoyen. Qu'il ose donc se
hasarder à franchir les frontières ! La tempête et la
foudre l'auront bientôt pulvérisé dans la plaine, et nul
messager ne reviendra. Mais je me tais sur la honte
profonde du combat. La guerre et la folie sont une même
chose, et jamais il n'y a dans la guerre assez de mo-
ments favorables, pour pouvoir réparer le dommage
causé.

J'ai vu l'ombre de Hermann planer près de moi ; il
me dit en souriant : « Ils trouveront ce moyen digne
« des Allemands. Souvent, on veut trancher la ques-
« tion par les armes et on ne la tranche pas. Descen-
« dants, vous la trancherez ! Descendants, la guerre,
« mais je vous en conjure par l'épée de Siegmar et par
« mienne, que ce soit une guerre de Chéruskes (1) !
« Néanmoins, la paix est la plus belle des solutions.
« Permettez que *Hlyn*, et que *Freya* vous conduisent
« vers le char de *Herta* dans la forêt ! Que *Nossa* re-
« vête sa ceinture et qu'elle conduise à la forêt Wo-
« dan, Thor, Tyr et les dieux de la guerre ! »

Et le jeune héros disparut ; pour moi, je retombai
dans la tristesse, parce que la guerre doit avoir lieu,
bien que la France libre ait jadis juré la perte de ce
monstre épouvantable !

(1) C'est-à-dire une guerre définitive.

LE MONUMENT

A THÉRÈSE MATHILDE AMALIE (1)

1794

ARGUMENT. — Dans cette ode, Klopstock invite la vérité et l'histoire à s'unir pour stigmatiser en traits de feu les destructeurs de la liberté. S'il apprend jamais que ces infâmes hypocrites ont été châtiés comme ils le méritent, il rajeunira de cent lunes.

O Vérité et Histoire, quand vous serez réunies, c'est en traits de feu qu'il vous faudra peindre ces fripons élevés aux honneurs. Que votre voix, en parlant d'eux, exprime la colère !

Vengez l'humanité sur les oligarchistes de la France,

(1) Thérèse-Mathilde Amalie, princesse de Taxis, née duchesse de Mecklembourg-Strelitz, avait envoyé à Klopstock un beau tableau en miniature de la bataille de Hermann.

ô sévères rémunératrices ! C'est avec trop de ménagement que vous annoncez la mort des coupables. L'Europe veut voir des stygmates aussi durables que les
éternelles pyramides.

Jusqu'ici, l'histoire n'a jamais vu à découvert le
visage de la vérité. L'impudence des acteurs a dédai-
gné le masque. Hâtez-vous donc, faites-nous connaître
le résultat de votre union, adoucissez, étanchez la
brûlante ardeur de nos désirs !

Les jeunes gens peuvent bien attendre ; nous autres
vieillards, nous ne le pouvons plus. Allons donc, vengez
l'humanité, et bientôt ! Que non seulement elle soit
douce, mais aussi qu'elle soit noble la vengeance que
nous vous demandons ! Oh ! présentez-nous à pleine
coupe cette boisson rafraîchissante !

Les stygmates ne serviraient qu'à éterniser le vain
nom du conquérant! Ils n'éterniseraient pas ces traîtres
à l'humanité, ces monstres, ces hypocrites qui, en sa-
crifiant à la liberté. égorgent des hommes libres, après
les avoir chargés de fers !

Non, n'agissez pas ainsi : négligez les conquérants,
plutôt que d'oublier de peindre ces hypocrites adora-
teurs de la liberté, tels qu'ils ont été ! Il me semble
voir déjà vos lettres de feu, et entendre la foudre de
vos paroles.

S'il m'est donné de vivre assez pour les voir et les
entendre réellement, je célébrerai une fête et je cou-
ronnerai ma tête de feuilles de chêne ; j'inviterai des
amis, je plongerai dans le plus pur des ruisseaux la

coupe la plus brillante, je l'emplirai de vin aussi vieux

Que moi. On videra souvent la coupe. Le cor de chasse retentira ; celui qui saura chanter, chantera. Nous nous réjouirons intimement. Je rajeunirai de cent lunes. Si une pareille vengeance s'accomplit, on pourra s'abandonner à l'ivresse de la joie.

———————

13.

LA MÈRE ET LA FILLE

1794

ARGUMENT. — Le parti des Jacobins avait suscité à Genève des troubles et des désastres pareils à ceux qui désolaient la France sous le règne de la Terreur. Le poëte flétrit cette imitation insensée. Alecton, c'est-à-dire la Terreur, est allée accoucher à Genève. Elle est près du berceau de sa fille qui ne veut point s'endormir. Elle lui donne pour jouer des balles et des boulets dont la petite Furie a bientôt appris l'usage.

« La déesse enfantera des déesses, » voilà ce que je chantais d'un ton prophétique, alors qu'elle n'était pas encore métamorphosée, alors que ta liberté sainte n'était pas encore devenue Alecton, que le jour n'était pas encore changé en nuit et l'univers en chaos.

J'ai annoncé une fausseté. Ce n'est point la déesse qui a enfanté, c'est Alecton : « Eia, Poleia, dors petite Eu-
« ménide, dors, petite Mégère! (Voilà ce que chantait la

« mère), que le Rhône se taise pour toi dans le lac,
« petite Alecton!

« Petite Tisiphone, commence à reconnaître ta
« mère par un sourire des plus sardoniques! Oh! ne
« crie pas à devenir bleue après les balles, tendre fille!
« En voici, et elles ne sont pas de marbre! voici de
« petites balles inflammables en grand nombre.

« Comme tu apprends vite le jeu des balles et des
« boulets, ô petite habitante des ténèbres à la peau
« noire! Enfant au regard terrible, comme les serpents
« se dressent dans ta chevelure, aussitôt que du tube
« de fer résonne ce terrible *Eia Polvia* qui plonge les
« mortels dans le sommeil de la mort!

« Les mères sont aveugles; je ne le suis pas. Tu es
« une vraie Mégère, tu me ressembles, comme un pe-
« tit serpent ressemble à un serpent. Sur les bords du
« Rhin, je ne mis au monde qu'un enfant mort-né;
« mais toi, tu vis! et je me ris de l'insensé qui ne te
« reconnaît pas pour une fille des Dieux.

« Ma fille, l'esprit t'est venu; tu peux comprendre
« ta mère. Voici l'avertissement qu'elle te donne; ne
« te laisse jamais éblouir par le rêve de la Folle de
« l'Occident (1). Une loi imparfaite n'est, pense-t-
« elle, qu'un vain son: elle est comme la statue d'un
« artiste qui semble se mouvoir et qui reste en place. »

(1) Les Etats-Unis.

LE VAINQUEUR

1795

ARGUMENT. — Le poëte se félicite d'avoir échappé à la misanthropie à la vue des horreurs qui ont souillé la France.

Couronnez ma tête, ô lauriers de la victoire! c'est avec la force d'un guerrier que j'ai combattu. J'ai vu mépriser et profaner ce qui élève les hommes, ce qui les rend hommes.

Et le chagrin, l'horreur, la colère et l'effroi se sont emparés de moi. O bonheur! j'ai vaincu, je ne suis point devenu misanthrope.

La lutte a été ardente et longue! Il y allait du repos de ma vie! car si je succombais, plus de joie pour moi! Pour moi, le monde eût été muet et désert; le jour se serait changé en nuit.

LA PROMESSE

1795

ARGUMENT. — Klopstock ne peut pardonner à la faction des Jacobins d'avoir foulé aux pieds le noble décret de l'Assemblée nationale
qui avait aboli la guerre de conquête. La guerre qu'ils font avec tant
d'ardeur est un abime. Mais jamais il ne renia, comme on l'a pré-
tendu, les grands principes de la révolution (1).

Aucune guerre de conquête ! ainsi retentit un jour
la sainte parole que vous nous donnâtes, vous, honorés
comme jamais peuple ne fut honoré ! et des voix immortelles, à ce qu'il nous semble, répétèrent : Désormais plus de guerre de conquête!

Et maintenant vous la faites, cette guerre qui détruit
tout ! Vous êtes de très-grands guerriers; vous vous
élevez, avec un cœur palpitant, une soif ardente de la

(1) Voir notre Essai sur Klopstock, page 107 et 108.

gloire, au but élevé et brillant du jeu de la guerre qui est... un abîme !

Apprenez à connaître le théâtre sur lequel vous êtes grands : le lion y rugit pour vous ses applaudissements ; le loup y célèbre votre triomphe par ses hurlements, et le vautour, d'une voix aiguë et néronienne, vous crie des noms immortels que l'on n'oubliera jamais !

Dût être renversé tout l'édifice du gouvernement, cependant cette promesse qu'on n'avait jamais faite, cette promesse, si noble et si pleine d'humanité, aurait dû rester inébranlable au milieu des vastes débris, comme un rocher dans l'Océan !

LES DEUX AMÉRICAINS DU NORD

1795

ARGUMENT. — La vraie liberté consiste à obéir à la loi. Les Français n'ont point observé la Constitution ; cependant il ne faut point les maudire, il faut mépriser ceux qui les laissent s'égarer. Tel est le résumé de l'entretien des deux américains, après lesquels le poëte reprend la parole pour gémir de nouveau.

A. Rien de tout ce que les Français promettaient de bon et de noble n'est arrivé, quoi qu'en ait dit l'éloquence avec un ton ravissant, quelque haut que l'ait chanté la poésie. Mais des horreurs qui réclament les expressions les plus fortes, ou plutôt des horreurs telles que la plus puissante des langues ne pourrait les rendre, voilà ce qui est arrivé ! Plus un fait était noir, cruel, monstrueux, plus il se répétait souvent. Oh ! que choisis-tu pour te consoler ? des larmes de sang, ou bien une haine éternelle contre les Français ?

B. Non, ni les larmes, ni la haine. Je méprise quiconque laisse ces furieux exercer leur fureur.

A. Mais ne maudis-tu pas les furieux ?

B. La stupéfaction rend muet.

Puissé-je ne vous avoir point agitées, ô cordes qui venez de parler de la liberté détruite et qui naguère résonniez à l'unisson du ruisseau plaintif, qui mêlait son murmure à celui des cyprès du tombeau. Car vous avez en vain essayé de guérir mes profondes blessures, vous n'avez fait que les agrandir. Celui qui a compris mes larmes à l'aurore printanière de la liberté naissante, celui-là seul, et personne autre, peut comprendre la vivacité de la douleur qui afflige maintenant mon âme. Oh ! que ne puis-je l'oublier pour jamais ! Car il n'y aura pour moi d'autre adoucissement que celui que j'irai puiser dans le Léthé.

MA DOULEUR

1796

ARGUMENT. — Le poëte rappelle de nouveau la promesse de l'Assemblée nationale qui a été si mal gardée. Un Esprit supérieur était descendu au milieu de l'Assemblée pour la diriger, mais bientôt un aut e Esprit vient le rappeler au ciel, dans la prévision des horreurs qui allaient désoler la France.

Quelqu'un des Esprits supérieurs descendit dans l'assemblée des *Pères* qui ont créé la liberté de la France, et l'Immortel les éleva au-dessus de la condition humaine par son heureuse inspiration.

O bonheur ! il dicta à l'Assemblée cette sublime promesse : « Jamais notre peuple ne fera de guerre de conquête! » Leur visage devint plus brillant, leur regard plus beau ; leur figure avait quelque chose de surhumain.

Quand ils prononcèrent cette sentence sainte. Leur

parole était comme une douce musique. Ils ne la gravèrent point sur le roc, car le roc même tombe en débris sous la main dissolvante du temps.

Mais ils l'écrivirent avec le bronze sur des feuilles, par milliers de mille. D'autres peuples l'écrivirent également. Aussi, lors même qu'on voudrait les livrer aux flammes, jamais le feu ne pourrait les réduire toutes en fumée légère.

Malheur! un Esprit plus élevé descendit alors vers son ami dans l'assemblée des *Pères* qui ont créé la liberté de la France. Il s'arrêta en regardant l'esprit inspirateur, et de sa baguette l'invita à promener ses regards autour de lui.

Il le fit, et il aperçut une rougeur s'élever dans la salle. Ce n'était pas la rougeur de l'aurore; il vit ensuite une blancheur; ce n'était pas la couleur des fleurs ou des lys, car les ossements n'ont point cette aimable blancheur.

Et ils s'envolèrent loin de la terre avec une silencieuse terreur, détournant leurs regards des contrées et de l'Océan, où bientôt les foudres de la guerre allaient proclamer que la belle et sainte parole n'a pas été gardée.

L'EMPEREUR ALEXANDRE

1801

ARGUMENT. — L'idée principale de l'ode se trouve dans la cinquième et la sixième strophe : Comparer un prince à Alexandre le Grand, c'est le déshonorer, car il n'a été que conquérant. Le jeune empereur de Russie va rendre au nom d'Alexandre l'honneur et la gloire.

O sainte vertu d'humanité ! mon œil, ivre de joie, a vu apparaître ton image. L'inspiration m'a pénétré de son feu, quand, dans le silence du temple, j'ai vu la mère de la bienfaisance.

C'est dans ce temps où l'on nie le Créateur, où l'on n'a fait que promettre un bonheur nouveau aux nations, que j'ai aperçu cette vertu bénie de Dieu.

Mais le silence cesse; des cris joyeux retentissent dans le sanctuaire, et des voix font entendre ces paroles : L'humanité vous est à charge, ô despotes ! Cependant la gloire n'est que de la poussière sur le plateau de la terrible balance.

Quand même votre plateau ne s'élèverait qu'un peu, malheur à vous ! Quoique les peuples anciens, aussi bien que les peuples modernes, aient divinisé Alexandre, (dit l'une des voix),

Ce nom est une honte pour les rois auxquels nous le donnons. L'une des voix dit aussi : Le magnanime jeune homme, qui étend maintenant sa domination de la Baltique à la mer Caspienne,

A fait disparaître la honte qui s'attachait à ce nom. Il l'emporte sur le vainqueur du Granique, d'Arbèle et de l'Issus aux rivages boisés ; mais c'est dans un combat plus noble qu'il est vainqueur.

Il a vu l'image de la sainte humanité. Cette apparition a été la règle de sa conduite, et maintenant des mélodies sans nombre et des milliers de voix célèbrent Alexandre, empereur de Russie.

FIN

TABLE

CHANTS PATRIOTIQUES.

I. — CHANTS LITTÉRAIRES.

II. — CHANTS NATIONAUX.

III. — CHANTS POLITIQUES.

FIN DE LA TABLE.

Sens, Imp, Ch. Duchemin.

OUVRAGES DU MÊME AUTEUR.

ESSAI SUR KLOPSTOCK

DE HINCMART VITA ET INGENTO.

Paris, A. DURAND, libraire, rue des Grès-Sorbonne.

DE L'UNITÉ ET DU PLAN DU MESSIE.

Paris, L. HACHETTE et Cⁱᵉ, rue Pierre-Sarrazin.